www.mayabook.co.kr

www.mayabook.co.kr

퍼펙트 마이스터

퍼펙트 마이스터 ❽ (완결)

지은이 | 서야
펴낸이 | 권순남
펴낸곳 | (주)마야 · 마루출판사

등록 | 2008. 1. 7(제310-2008-00001호)

초판 인쇄 | 2016. 9. 2
초판 발행 | 2016. 9. 6

주소 | 서울시 노원구 상계 1동 1049-25 신영산업 BD 602호
대표전화 | 02-2091-0291
팩스 | 02-2091-0290
이메일 | marubooks@hanmail.net

ISBN | 978-89-280-6918-7(세트) / 978-89-280-7229-3
정가 | 8,000원

잘못된 책은 교환하여 드립니다.
저자와 협의하여 인지를 붙이지 않습니다.

「이 도서의 국립중앙도서관 출판시도서목록(CIP)은 서지정보유통지원시스템 홈페이지(http://seoji.nl.go.kr)와 국가자료공동목록시스템(http://www.nl.go.kr/kolisnet)에서 이용하실 수 있습니다.」
(CIP제어번호:CIP2016021091)

퍼펙트 마이스터

MAYA & MARU MODERN FANTASY STORY
서야 현대 판타지 장편소설

[완결]
8

✳목차✳

제1장. 드래곤 식당 …007

제2장. 시즈웰 대 황태자 …037

제3장. 황궁의 비밀 …067

제4장. 지그문트 황태자, 그리고 반지 …099

제5장. 청와대 만찬회 (1) …129

제6장. 청와대 만찬회 (2) …159

제7장. 이중대와 영국 왕실 …189

제8장. 암흑 물질, 반물질 …219

제9장. 리스트란 공작가의 비밀 …251

제10장. 반지의 여정 …283

제1장

드래곤 식당

드래곤 식당에 가면 빨간 머리카락의 초절정 미소녀 엘프로 분한 아그레스가 주문을 받고, 이 미소녀의 아버지이자 드래곤 식당의 주인인 퍼거슨 씨가 주걱을 휘두르면서 주방을 진두지휘하는 것을 볼 수가 있다.

어디 그것뿐인가.

예쁘장하게 생긴, 20살이 채 되어 보이지 않는 남자애와 무뚝뚝한 여자애가 식당 안을 종횡무진 돌아다니면서 손님들에게 음식 서빙을 한다.

그리고 늦은 밤쯤 되면 하루 내내 코빼기도 보이지 않던 아들이 어디선가 나타나 그날 하루 수고한 식당 가족들과 함께 도란도란 이야기를 나눈다.

"내일부터는 나도 따라갈래."

남자애로 변장한 캘리 공녀가 입을 삐죽 내밀면서 말했다.

"공녀님 같은 분에게는 뒷골목은 힘드실 텐데요?"

하루 종일 파이온 제국의 수도 이곳저곳을 돌아다니다가 식당으로 돌아온 김춘추는 다소 지치기는 했어도 일행에게 그날 보았던 일, 들었던 일 등을 보고하는 것을 잊지 않았다.

"칫, 여기 앉아서 손님들 시중드는 것보다는 낫지."

김춘추는 대답 대신 어깨를 한 번 으쓱하고는 아그레스 쪽을 보았다. 괜히 캘리 공녀와 입씨름하기 싫어서였다.

일행이 파이온 제국 수도에 들어와 식당을 연 지 벌써 일주일째였다.

사실 캘리 공녀보다는 아그레스 쪽이 먼저 짜증을 부릴 줄 알았다. 그런데 의외로 그녀는 식당 일을 재밌어했다.

"우리 걱정은 마셍. 반지를 찾아올 때까지 여기서 얌전히 있을 테니깡. 홍홍."

아그레스가 김춘추의 속내를 눈치채고는 말했다.

'무슨 일이 생겨도 절대 안 도와주겠다는 뜻이군.'

그리고 김춘추는 그런 아그레스의 말을 찰떡같이 알아들었다.

두 드래곤은 어떤 이유에서인지, 이곳에 입성하자 돌아다니는 것을 거부했다.

처음 지그에논 왕국에서 이곳으로 출발할 때 아그레스는

반지를 찾는 일에는 적극 협조하겠다고 하지 않았던가. 그 덕에 파이온 제국까지 아그레스가 열어 준 공간 이동 마법으로 편하게 도착했다.

그런데 막상 도착하고 난 후, 두 드래곤은 꼼짝도 하지 않으려고 했다. 분명 이곳을 넘어오는 동안 무슨 일이 생겼다. 인간들은 감지할 수 없는, 시공간의 사이에서 두 드래곤은 무언가를 느꼈고 그로 인해서 반지에 관련해서 자신들의 입장을 완전히 철회했다. 아예 아무런 도움조차 주지 않기로 김춘추에게 선포한 것이다.

정확히는 반지에 관련된 일에는 결부되기를 극도로 꺼려하는 눈치였다.

커크 상단이 움직이지 못하면 상단의 일을 할 수가 없다. 한데, 자신들의 둥지로 돌아가겠다는 것도 아니다. 김춘추를 구경하는 재미는 있다나?

그렇다고 이들을 여관에서 그대로 머물게 할 수도 없었다. 왜 그런지 설명할 수는 없었지만, 이들이 가만히 여관에 처박혀 있을 리는 없을 테니까.

자신의 일을 도와주지 않는다고 해서 움직이지 않는다는 뜻은 아니었으므로 결국 이들에게 뭔가 바쁜 일거리를 주는 것이 필요했다. 그래서 생각해 낸 것이 식당이었다.

김춘추는 급한 대로 파이온 수도 변방의 다 망해 가는 허름한 식당을 인수해서 이들에게 맡겼다. 그리고 그 자신은 아침부터 저녁까지 혼자서 수도 일대를 탐문했다.

정확하게는 다섯 번째 반지의 기운을 찾기 위해서 무작정 돌아다녔다.

다섯 번째 반지는 분명 파이온 제국, 그것도 수도 안에 있다. 딱히 설명할 수는 없지만, 반지와 반지를 찾는 후보자 간에는 어떤 연결이 있는 것 같다.

'흠, 이번에는 좀 어렵겠는데.'

김춘추는 미간을 찡그렸다.

파이온 제국으로 넘어온 직후, 그는 오랜만에 꿈속에서 시바 여왕을 만났다.

시바 여왕은 반지를 찾는 난이도가 올라갔음을 알려 주었다. 과거처럼 반지의 근처에 다가가면 무조건 반지가 주인을 당기는 것이 아니란 내용이었다.

바로 옆에 반지가 있어도 알아보지 못하면 그냥 스쳐 지나간단다.

황당하다. 무슨 수로 반지를 찾으란 말인가.

그의 마음을 아는지 모르는지 시바 여왕은 건투를 빌겠다며 황급히 사라졌다.

과거에 비하면 극히 짧은 만남이었다.

어쩔 수 없이 김춘추는 눈에 불을 켜고 파이온 제국 수도 안을 샅샅이 뒤지고 있다. 반지처럼 생긴 것? 그것은 아주 애매모호한 말이었다.

애초에 보석 상자에 예쁘게 담긴 반지에 대한 기대는 버렸다. 그야말로 건초 더미 속에서 바늘 찾기였다.

이래서 정말 반지를 찾을 수나 있을까? 시간은 흘러가는데 말이다.

이제 18일 남았다. 그 안에 반지를 찾지 못하면 차원의 균열을 막기 위해서라도 지구로 돌아가야 한다.

반지를 찾지 못하고 지구로 돌아가는 것은 또 어떤 의미일까?

김춘추는 자신도 모르게 아랫입술을 깨물었다. 갑갑했기 때문이다.

온통 의문투성이였다.

'드래곤들이 왜 저럴까?'

김춘추는 아그레스와 퍼거슨 씨를 번갈아 쳐다보며 속으로 생각했다.

애초에 드래곤들의 도움을 바란 것은 아니다. 그보다는 이들이 왜 파이온 제국에 와서 갑작스럽게 태도를 바꾸어 움직이려 들지 않는지 그 이유를 알고 싶었다.

하지만 반지를 찾는 것 하나만으로도 김춘추에게는 매우 벅찬 일이었다.

드래곤 세계까지 굳이 간섭할 필요가 없었다.

드래곤들 역시 김춘추의 반지 찾는 일에 간섭하지 않겠다고 하지 않았는가.

늘 같이 다니다 보니, 특히 아그레스는 김춘추를 위해서 공간 이동 마법도 기꺼이 베풀어 줄 정도로 친밀하다 보니 어느새 그 편리함에 익숙해져 버렸던 것뿐.

어찌 보면 바로 옆에 있다고 해서 반지를 발견할 수 있는 것도 아니었다.

탁.

술이 가득 차 있는 술잔을 탁자 위에 내리치면서 캘리 공녀가 씨익 웃었다.

"자, 한 잔 받아."

"고맙습니다."

김춘추는 탁자 위에 놓인 술잔을 집어 들이켰다. 그러자 하루 종일 길거리를 돌아다녔던 피로가 순식간에 날아가는 것만 같았다.

씨익.

김춘추가 술잔을 들이켜는 모습을 지켜보던 캘리 공녀가 미소를 띤 채 말했다.

"약속한 거야. 내일은 나도 따라갈래."

휘익.

그 말을 남긴 채 그녀는 경쾌한 발걸음으로 주방 쪽으로 걸어 들어갔다.

'휴우, 내일은 시끄러운 하루가 되겠군.'

김춘추는 미간을 찌푸렸다.

하지만 캘리 공녀의 마음도 이해가 되었다. 파이온 제국에 오자마자 촌구석에서 식당 서빙이나 하고 있으니 답답할 만했다.

게다가 그녀는 이미 황궁에 오래 갇혀 있지 않았던가.

✦ ✦ ✦

김춘추의 생각대로 그다음 날은 꽤나 시끄러운 하루였다. 캘리 공녀가 따라다녔기 때문이다.

더구나 그녀는 남장을 하지 않은 채 돌아다녔다. 식당에서 서빙할 동안에는 잘만 남장을 하더니.

김춘추는 자신의 옆에서 쫑알대는 캘리 공녀를 힐끔 쳐다보았다.

처음 만났을 때의 이미지 때문에 오만하고 자존심 강한 여자라고 생각했는데, 막상 단둘이 돌아다니다 보니 그녀의 새로운 점이 눈에 들어오기 시작했다.

무엇보다 그녀는 보이는 모든 것을 흥미로워했다.

재밌어했고, 만져 보고 싶어 했고, 그리고 그것들에 대해서 자신의 감정을 표현하는 것을 아무렇지 않아 했다.

"우와, 이것 봐. 이 수정은 정말 신기한 색깔을 내지?"

캘리 공녀는 장신구 상인이 내민 연초록빛 팔찌를 보면서 감탄하고 있었다.

김춘추의 눈에는 그저 싸구려 장신구로만 보일 뿐인데.

'황궁에는 저런 게 없나?'

사실 의아스럽기도 했다.

판테온 세계의 사람이 아니라고 해도, 이제는 제법 이 세계에 대해서 파악하고 있는 김춘추였다.

루머스 제국 하면 판테온 대륙의 최강국으로 손꼽히는 나라 아닌가.

아무리 캘리 공녀의 신분이 황제의 첩이라고 해도 일개 시녀나 공물로 발탁된 첩이 아닌 공작가에서 보낸 공녀인데, 언제든 황비가 될 위치에 있는 신분의 여인에게 저런 보석쯤은 쓰레기에 불과하지 않을까?

최고의 장인이 만든 최고의 품질을 자랑하는 수정이며 금은보화가 널리고 널린 게 황궁인데 말이다.

"너무 예쁘다!"

캘리 공녀는 반짝이는 눈빛으로 김춘추를 바라보았다.

"사 달라고?"

김춘추가 어이없다는 표정을 지었다.

끄덕끄덕.

캘리 공녀의 눈은 수정 팔찌에 향해 있었다.

"휴."

김춘추는 한숨을 한 번 쉬고는 상인에게 은화를 건넸다.

판테온 대륙이 편리한 점이 있다면 연대와 화폐가 통일되어 있다는 점이었다.

비록 대륙년 1연대기, 2연대기의 문화와 유산, 문명은 모두 사라졌지만, 인간의 역사가 판테온 대륙에서 오래된 만큼 대륙 전역에 통일된 문화가 있다는 것은 참으로 다행이었다.

"고마워요."

상인이 내민 수정 팔찌를 손에 쥔 캘리 공녀가 작은 목소리로 속삭이듯 인사를 전했다.

"마음에 들어 하니 다행이오."

김춘추는 어색한 표정을 지으면서 말했다.

장신구 상인은 이제 막 시작하는 연인들을 바라보면서 미소를 지었다.

"이건 특별히 선물로 드립니다."

그렇게 말하면서 상인은 캘리 공녀가 들고 있는 팔찌와 같은 디자인의 것을 하나 내밀었다. 그녀가 갖고 있는 게 연초록색이라면 이건 그보다 사이즈도 컸고 진초록색이었다. 한눈에 봐도 남자용이었다.

"어머, 감사합니다."

김춘추가 거절하기도 전에 캘리 공녀는 상인의 손에서 팔찌를 낚아채더니 김춘추의 손목에 채웠다.

그러고는 이번엔 자신의 팔찌를 김춘추에게 내밀었다. 자신도 채워 달라는 의미였다.

"아."

김춘추는 난처했다.

연인 사이에서나 할 법한 행동을 낯선 자 앞에서, 그것도 캘리 공녀를 대상으로 하게 되다니.

장신구 상인의 눈에 언뜻 의아한 빛이 떠올랐다. 하지만 이내 남자가 무척 수줍어한다고 여기는 듯했다.

"이렇게 예쁜 아가씨를 두고 뭘 망설이십니까?"

상인이 환한 미소를 지으면서 말하자, 김춘추는 이내 결심한 듯이 캘리 공녀가 내민 팔찌를 받아 들고는 얼른 그녀의 손목에 팔찌를 채워 주었다.

"두 분, 진짜 잘 어울립니다!"

상인이 엄지손가락을 치켜들면서 말했다. 김춘추는 품에서 은화 한 닢을 더 꺼내 그에게 주었다.

"팁입니다."

"아이고, 진짜 멋진 신사분이시군요. 역시 미모의 아가씨에게는 이런 신사분이 어울리죠."

상인은 온갖 미사여구를 동원해서 김춘추와 캘리 공녀를 칭찬했다.

그런 상인의 말을 계속 들을 수가 없어서 김춘추는 황급히 캘리 공녀의 손을 잡고 그 자리를 떴다.

어찌 됐든, 파이온 제국의 수도 변방에 위치한 엘슨 시장을 활보하고 있는 두 남녀는 누가 봐도 잘 어울리는 한 쌍의 연인 같았다.

"호호호, 우리가 연인처럼 보이나 봐."

캘리 공녀가 신나서 떠들어댔다.

방금 전, 상인 앞에서 조신하게 존댓말을 쓰던 그 아가씨는 순식간에 사라지고 말괄량이 한 명이 그의 곁에 있었다.

"이렇게 팔짱을 계속 끼고 있으니 그럴 수밖에요."

김춘추가 어색한 듯이 자신의 팔을 내려다보았다.

"어쩔 수 없잖아. 여기 파이온 제국의 성숙한 레이디들은 반드시 남자의 보호가 있어야 거리를 거닐 수 있다는 법률이 있다니까."

캘리 공녀가 눈을 동그랗게 뜨면서 말했다.

물론 파이온 제국의 관례에 대해서는 그녀도 이미 알고 있었다.

하지만 알고 있는 것과 직접 겪는 것은 엄연히 달랐다.

다른 제국이나 왕국에 비해서 이곳은 여자들의 대우가 남달랐다.

루머스 제국만 하더라도 뛰어난 여자는 여황이 된다거나 가문을 이끌 수 있다. 물론 그 가능성을 말하는 것으로서, 실제로 실현된 적은 그리 많지는 않다.

하지만 파이온 제국은 여자들에게 아예 그런 실현 가능성의 기회조차 주지 않았다.

심지어 일정 나이가 지난 여자는 거리를 혼자 돌아다닐 수가 없다.

평민 여자들에게는 해당되지 않는다고 하지만, 적어도 '레이디'라는 칭호를 듣는 신분이라면 혼자서 거리를 다닐 수가 없는 것이다. 단 한 번이라도 그랬다가는 평판이 추락하고 만다.

하인을 대동하고 돌아다녀도 마찬가지였다. 하인은 레이디를 보호해 주는 상위 존재가 아니니까.

레이디는 자신을 보호해 주는 존재가 있어야 한다.

그러니 당연히 가문이든, 나라든 여자 혼자서 대표할 수가 없다.

너무도 당연하지 않은가.

일개 거리도 혼자 돌아다니지 못하는 존재가 어떻게 가문을 대표할 수가 있다는 말인가.

결국 레이디란 구실로 여자의 지위는 추락되고 말았다.

어찌 됐건 파이온 제국은 남성 위주의 사회였고, 여자는 레이디로서 아름다운 꽃과 장식과 같은 존재였다.

"난 이것도 괜찮은데."

캘리 공녀는 무엇이 그리 좋은지 연신 싱글벙글했다. 그 모습에 김춘추가 약간은 놀리는 듯이 그녀에게 말했다.

"남자의 보호를 원하시는 줄은 몰랐습니다."

루머스 제국의 황궁을 과감히 뛰쳐나온 그녀가, 오히려 레이디답게 행동하고 그 역할에 아주 만족스러운 표정을 짓는 것을 보니 묘한 느낌이 들었다.

어쩌면 그녀는 자신을 지켜 줄 남편을 원했던 걸까? 황제는 너무 많은 여자들로 둘러싸여 있을 테니.

왠지 오늘따라 캘리 공녀가 더욱 애처롭게 느껴졌다.

"이번엔 저기 골목으로 가 보자. 아까 보니까 모자를 파는 가게가 있더라."

캘리 공녀가 오른쪽으로 시선을 돌리면서 말했고,

"아무렴요. 가시죠."

김춘추는 반쯤은 포기한 표정으로 대꾸했다.

◈ ◈ ◈

어차피 오늘은 버렸다.

김춘추는 그렇게 생각했다.

애초에 캘리 공녀가 따라온다고 했을 때 도망칠걸. 일주일 동안 식당에서 서빙만 주구장창 한 것이 불쌍해 데려온 것이 잘못이었다.

하지만 신나 하는 캘리 공녀의 얼굴을 보니 그다지 소득이 없는 것도 아니란 기분이 들었다.

김춘추와 캘리 공녀는 모자 가게로 들어섰다.

골목 안쪽에 위치해 있었지만 제법 큰, 여성 전용 모자 가게였다.

입구에는 대기실이 따로 있었는데, 언뜻 보니 레이디와 함께 온 신사들이 앉아서 무료한 표정으로 소식지나 책 등을 보고 있었다.

'내 운명이군.'

김춘추는 고개를 저었다.

아니나 다를까.

"허니, 모자 고르는 거 도와줄 거지?"

캘리 공녀가 얼굴을 바짝 디밀며 달콤한 목소리로 속삭였다.

'얘가 왜 이래?'

그녀의 이상행동에 김춘추는 숨도 쉬지 않고 대답했다.

"저 대기실로 가 있지."

성큼성큼.

그러고는 잽싸게 등을 돌려 대기실로 향했다.

'칫.'

그런 김춘추의 등을 보면서 내심 서운했는지 캘리 공녀는 입술을 삐죽 내밀었다.

어느새 연인 놀이에 젖어 있는 그녀였다.

"레이디께서는 이쪽으로 오시죠."

어느새 종업원인 여자가 나타나 캘리 공녀를 안내했다.

테두리에 하얀 레이스를 두른 분홍 모자, 전체에 까만 레이스를 씌워 우아함을 더한 모자, 귀엽고 앙증맞은 모자 등.

그야말로 모자의 나라라고 해도 좋을 만큼 매장 안은 화려하고 아름다운 모자들로 넘쳐 났다.

캘리 공녀마저도 눈이 휘둥그레졌다.

파이온 제국, 그것도 수도 변방에 있는 가게치고는 그 규묘가 굉장히 컸기 때문이다.

'우리나라에서도 이 정도 개수라면 수도 한가운데에서나 구경할 수 있을 것 같은데.'

캘리 공녀는 눈이 번뜩이면서 모자 탐방에 나섰고, 그녀의 옆에서는 종업원이 열심히 거들어 주었다.

그리고 대기실의 신사들 숫자가 말해 주듯이, 그녀 말고도 레이디 대여섯 명이 한창 모자 쇼핑에 빠져 있었다.

그때, 어디선가 나지막이 자기들끼리 속삭이는 소리가 그녀의 귀에 들려왔다.

"대공녀님, 조금만 기다리시면 마차가 올 겁니다."

"흥, 정혼자에게 버림받은 몸인데 어차피 평판 따위."

"제발, 백작님을 생각하십시오."

"아버지도 그렇게 생각하실걸? 날 내버려 둬."

"아이고, 왜 그러세요."

캘리 공녀는 소리가 나는 쪽으로 고개를 돌렸다. 카운터 뒤쪽에서 들려오고 있었다.

"무슨 소리지?"

"아."

캘리 공녀의 직설적인 물음에 종업원이 우물쭈물한 표정을 지었다.

매장 안에서 모자를 고르던 붉은 드레스를 입은 한 아가씨의 얼굴에 알 듯 말 듯한 미소가 떠올랐다.

다른 아가씨들 역시 짐짓 못 들은 척을 하고 있었지만, 그녀들도 틀림없이 지금의 대화를 들은 게 분명했다.

하지만 정작 캘리 공녀의 관심사는 다른 데 있었다.

"저 안에도 구경할 게 있나 봐?"

캘리 공녀가 카운터 뒤쪽을 바라보면서 물었다.

이곳의 구조를 생각해 보니, 지금 그녀가 보는 곳 말고도 또 다른 매장이 있는 게 확실했다. 바로 소리가 들린 쪽, 카운터 뒤일 터였다.

"예, 있긴 있습니다만……."

종업원이 우물쭈물 답변했다.

"저 아가씨는 정말 모르나 보네. 저쪽은 대귀족 영애 전용이잖아."

붉은 드레스를 입은 아가씨가 한심하다는 표정을 지으면서 종업원 대신 대답해 주었다.

"대귀족 전용?"

캘리 공녀의 눈동자가 더욱 빛났다.

대귀족 전용이라니.

그렇다는 건 지금 보는 모자들과는 비교도 안 되게 더 아름다운 모자들이 저곳에 있다는 뜻 아닌가?

 두근두근.

 캘리 공녀의 가슴이 뛰었다.

 "나도 들어갈래."

 "손, 손님."

 종업원이 더욱 난처한 표정을 지으면서 카운터 옆에 서 있는 매니저를 보았다.

 그러자 포니테일 헤어에 흰 머리카락이 희끗희끗 보이는 매니저는 단호한 표정으로 고개를 저었다. 신분을 확인할 수 없는 아가씨를 들여보낼 수 없다는 의미였다.

 "죄송합니다. 저곳은 이용하실 수가 없습니다."

 "……"

 종업원의 말에 캘리 공녀는 세상 다 산 사람처럼 황망한 표정을 지었다.

 이 내가 들어갈 수 없는 곳이 있다니.

 천하의 내가!

 "이거면 돼?"

 그녀는 포기하지 않겠다는 듯이, 재빨리 아공간을 열어 금화들을 꺼내어 내밀었다.

 "……"

 "……"

 종업원과 매니저가 할 말을 잃은 표정으로 캘리 공녀를 바라보았다.

아공간이라니.

물론 귀족 영애들이 아공간을 가지고 있지 않은 것은 아니다. 마법사 길드에서 마법사가 아니어도 사용할 수 있는 아공간을 개발해서 귀족들에게 판매하고 있었기 때문이다.

하지만 아공간의 가격은 일반 귀족들이 사기에는 굉장히 비싸다. 그러니 아공간을 가지고 있다는 것 자체가 대귀족의 여식이라는 것을 뜻한다.

아니면 그 자신이 마법사이거나.

하지만 이곳 파이온 제국에서는 여자가 마법사가 되는 일은 극히 어렵다. 레이디를 지향하는 부모의 밑에서 자란 여자가 독립적인 마법사를 꿈꾸게 되는 경우는 매우 드문 탓이다.

게다가 또 하나의 문제.

보통 이곳의 레이디들은 직접 돈을 갖고 다니지 않는다. 보호해 주는 신사들이 대신 내주기 때문이다.

물론 지갑은 가지고 다닌다. 일종의 과시용이었다.

가난한 사람들에게 불쌍하다면서 실링이나 은화를 던져 주는 것이 다였다.

매장 안의 다른 아가씨들조차 쇼핑을 멈추고 캘리 공녀 쪽으로 시선을 돌렸다. 그녀의 손에 수북이 쌓여 있는 금화 때문이 아니라 저런 금화를 들고 다니는 정신 상태가 신기해서였다.
"이곳 분이 아니신가 봅니다."
과연 매니저는 매니저였다. 제일 먼저 정신을 차리고 캘리 공녀 옆으로 황급히 다가와 조용히 말을 건넸다.
캘리 공녀는 그제야 자신의 신분이 무엇인지 떠올리고는 말했다.
"지그에논 왕국에서 왔어요."
"잠시 휴게실로 가시죠."
나이 지긋한 매니저는 고개를 빳빳하게 들고 허리를 곧추세운 상태로 우아한 걸음걸이로 앞장서서 걸었다.
그에 캘리 공녀는 어쩔 수 없이 쇼핑하다 지친 아가씨들이 잠시 쉬는, 혹은 화장을 고치기 위해 들르는 휴게실로 향했다.
그제야 다른 아가씨들은 하던 쇼핑을 계속하기 위해서 부지런히 움직였다.
"신사분은 어디에 계시나요?"
매니저가 따뜻한 차 한 잔을 들고 와서는 탁자에 내려놓으면서 물었다.
"대기실에 있어요."
"그곳은 이곳과는 분위기가 좀 다르다고 들었습니다. 그래도 국경을 넘어오셨을 때 안내 가이드는 받으신 줄 알았는데. 어쨌든 레이디께서 금화를 함부로 꺼내시면 안 됩니다."

"그런가요?"

"이곳은 레이디들의 평판이 매우 중요합니다. 정말 가이드를 못 받으셨나요?"

'유모한테 혼나는 기분이네.'

"어쩌다 보니 못 들었나 봐요."

캘리 공녀가 우물쭈물하며 대답했다. 황궁에 있는, 리스트란 공작가에 들어간 이후 줄곧 그녀를 보살펴 주었던 안나 유모가 떠올랐기 때문이다.

매니저는 그녀와 제법 닮아 있었다. 그래서인지 평소 한 성깔 하는 캘리 공녀였지만, 지금은 얌전한 양처럼 자리에 앉아 차를 홀짝거리고 있었다.

"VIP실의 레이디께서 퇴장하실 겁니다. 그때 들여보내 드리겠습니다."

그런 캘리 공녀가 안되어 보였는지, 아니면 호구가 틀림없어 보이는 손님을 그냥 보내기 싫었는지 매니저는 큰 선심을 쓴다는 듯이 말했다.

"기다리죠."

캘리 공녀의 얼굴에 미소가 떠올랐다.

매장 안의 모자들도 훌륭했는데 저 안의 모자들은 얼마나 멋질까?

그때, 매장에 있던 종업원이 휴게실로 들어와 매니저에게 무어라 속삭였다.

"아."

매니저는 고개를 끄덕이고는 캘리 공녀에게 시선을 돌렸다.

"피오나 시즈웰 레이디께서 함께 매장을 공유하셔도 좋다고 하십니다. 따라오시죠."

벌떡.

매니저의 말에 지체 않고 자리에서 일어난 캘리 공녀는 신이 난 표정으로 휴게실에서 이어지는 특별 매장 전용의 출입구로 걸어 들어갔다.

대귀족의 영애들만이 이용한다는 VIP 전용 특별 매장 안은 놀라웠다.

매장에서 보던 모자들과는 차원이 달랐다. 엘프들이 직접 수놓았다는 모자들이 흔하게 걸려 있었다.

캘리 공녀의 눈은 더욱 휘둥그레졌다.

그런 그녀에게 매니저가 눈치를 주었다.

"저분이 피오나 시즈웰 레이디십니다."

매니저의 말에 캘리 공녀는 내키지 않지만, 어쩔 수 없이 그녀 쪽으로 움직였다. 그리고 피오나를 똑바로 쳐다보면서 인사를 했다.

"이곳을 공유해 주셔서 감사합니다."

"어머, 보통 이런 인사는 고개까지 숙이는 게 예의가 아닌가?"

 피오나 시즈웰은 재밌다는 투로 말했다.

 그녀는 처음 보는 캘리 공녀에게 작정하고 도발하듯이 반말 투로 시비를 걸고 있었다. 레이디로서 할 행동은 전혀 아니었다.

 거기서 가만있을 캘리 공녀 또한 아니었다.

 "그런가? 이곳의 예법이 어색해서."

 그녀는 도발을 걸어오는 피오나의 태도에 딱 잘라 대꾸했다. 그녀와 말다툼할 시간이 없다. 저 많은 모자들을 써 봐야 하니까.

 "지그에논에서 왔다면서?"

 피오나는 재차 물었다.

 매니저에게 대충 사정을 듣고 구경을 허락한 그녀였다. 캘리 공녀를 쉽게 놓아줄 것 같지 않았다.

 무언가 호기심이 발동한 건지, 피오나의 눈빛이 반짝이고 있었다.

 '이 여자, 왜 이렇게 귀찮게 해?'

 캘리 공녀는 피오나의 질문에 대답하지 않고 짜증 섞인 표정으로 고개만 끄덕였다.

 이는 상당히 무례한 태도였다.

 피오나 시즈웰은 비록 백작가의 여식이긴 하지만, 이곳 파이온 제국을 떠받치는 시즈웰 공작가의 손녀였다.

아직 공작께서 가문의 수장으로 계시기에 장남인 그녀의 아버지는 백작의 지위에 머물러 있다.

하지만 그것조차 대단한 일이었다.

그 자신의 능력을 증명해서 받은 가문의 지위가 아닌, 황제가 내린 지위를 획득하는 것은 실로 대단한 인물이라는 것을 증명했다.

그러니 피오나 시즈웰이 사교계에서 차지하는 위치는 매우 높았다.

게다가 그녀는 파이온 제국에서 손꼽히는 레이디들 중 한 명이 아닌가. 단순히 미모만 놓고 보면 원톱이라고 할 정도로 칭송을 받고 있었다.

다만 직설적인 성격 때문에 다른 레이디에 비해서 레이디 평가에서 야박한 점수를 받는 편이었다.

"모자 보러 오셨으니 모자나 보시지."

캘리 공녀가 야무지게 한마디 하고는 몸을 돌렸다.

그런 그녀의 태도에 피오나 시즈웰은 충격 받은 표정을 지었다.

자신에게 저렇게 당당하게 말할 수 있는 여자들이 있을까?

아무리 대귀족 공작가의 여식이라고 해도 피오나 시즈웰을 무시할 수는 없었다.

황족들 중 공주가 없는 만큼 파이온 제국 내에서 레이디 중 레이디라고 손꼽히는 존재가 자신 아닌가.

자신의 반말 투에 똑같이 반말로 응답하는 캘리 공녀의 당당한 태도를 보니, 드러나진 않았지만 대단히 높은 신분의 여자가 분명했다.
　게다가 자신을 벌레 보듯이 무시하는 저 도도한 태도. 이런 대접을 받는 것은 참으로 오랜만이었다.
　"저어, 대공녀님, 마차가 왔습니다."
　그때, 피오나 시즈웰의 하녀가 다가와서 허리를 숙이면서 말했다.
　"됐어."
　피오나는 고개를 저었다.
　"제발."
　하녀가 간절한 눈빛으로 바라보자, 피오나는 캘리 공녀를 가리키면서 말했다.
　"난 저 아가씨와 함께 갈 거야."
　"누가?"
　캘리 공녀는 머리를 뒤로 젖히면서 어이없다는 표정을 지었다.
　"너."
　피오나가 다시 한 번 손가락으로 캘리 공녀를 가리켰다.
　"내가 왜?"
　"너니까."
　"웃겨."

캘리 공녀가 콧방귀를 뀌었다.
"성깔 있네."
"알면 됐어."
"널 따라갈 거야."
"귀찮아."
캘리 공녀는 피오나에게서 시선을 거두고는 눈앞의 모자에 집중했다.

엘프족이 만들었다더니, 정말 수놓은 한 땀 한 땀이 인간의 솜씨와는 전혀 달랐다.

천 역시 마찬가지였다. 그 감촉이나 느낌이 말로 표현할 수 없을 만큼 황홀했다.

"그 모자, 마음에 들면 사 주지."
피오나가 말했다.
"나도 돈 있어."
"네 돈으로 어림없을걸."
"이래도?"
캘리 공녀는 아공간을 열어 아무렇게나 손에 잡히는 대로 금화들을 꺼내었다. 그 모습을 본 피오나는 환한 표정을 지었다.

"너 마법사야?"
어째 상황이 이상하게 돌아간다.
캘리 공녀는 그런 느낌이 들었다.

"1서클도 마법사라고 한다면 말이지."

"부럽네."

"부러우면 지는 거지."

"난 피오나 시즈웰이야."

"아까 네 이름 들었어."

"그래도 정식으로 소개하잖아. 네 이름은 뭐지?"

"캐… 제인 커크."

캘리 공녀는 황급히 김춘추가 사 온 신분을 떠올리면서 대답했다.

피오나 시즈웰의 입가에 묘한 미소가 감돌았다.

"캐 제인?"

"아니, 제인."

"제인, 반가워. 네 신사분 좀 빌려 줄래?"

"뭐?"

"난 좀 더 시내를 돌아다니고 싶은데."

"그건 네 사정이고. 넌 신사도 없나 보지?"

"그렇게 됐어."

피오나가 시무룩한 표정으로 대꾸했다.

'아차.'

캘리 공녀는 자신이 피오나의 아킬레스건을 건드렸음을 깨달았다.

아까 매장 안에서 하녀와의 대화를 듣지 않았던가. 정혼자에게 버림받았다고.

하지만 정혼자에게 버림받은 여자치고는 상당히 당당한데?

'저래서 버림받은 걸까?'

캘리 공녀는 피오나를 보면서 상상의 나래를 폈다.

이곳은 레이디의 나라니까 저런 막돼먹은 성격으로는 필시 레이디 대접을 제대로 못 받을 게 분명했다.

"네가 생각하는 그런 거 아니거든!"

피오나가 캘리 공녀의 생각을 읽었는지 항변하듯이 소리쳤다.

"그러면 됐어."

캘리 공녀가 고개를 끄덕이면서 말했다. 하지만 피오나는 계속해서 끈덕지게 굴었다.

"나랑 같이 가."

캘리 공녀는 잠시 망설였다.

생각해 보니 이런 대귀족의 여식과 친해지는 것도 나쁘지 않다.

김춘추가 반지를 찾아 파이온 수도를 샅샅이 뒤지고 있지만, 정작 대귀족의 저택 쪽은 손도 못 대고 있지 않은가.

일반적으로 대귀족의 저택 주변에는 마법이 걸려 있기 때문에 보통의 마법으로 몰래 들어갈 수가 없었다.

'도움이 되겠지?'

캘리 공녀는 자신의 판단을 믿기로 했다.

"그래, 같이 가."

"날 동정해서 그런 말 하는 거니?"

갑작스럽게 태도를 바꾼 캘리 공녀를 향해 피오나가 물었다.

그러자 캘리 공녀가 손가락을 흔들어 보였다.

"보통 그런 말은 마음속에 담아 두는 거야."

"정혼자에게 버림받은 것도 이럴 때는 도움이 되네."

피오나 시즈웰이 환하게 웃으면서 말했다.

캘리 공녀는 살짝 어이없다는 표정으로 그런 그녀를 바라보았다.

자신이 누구보다 직설적이고 오만하다는 것을 잘 알고 있는 그녀였지만, 피오나 시즈웰과 대화를 나눠 보니 그녀는 자신보다 더하면 더했지 절대 덜하지 않았다.

'춘추가 애 보면 기겁하겠다.'

캘리 공녀는 슬그머니 미소를 지었다.

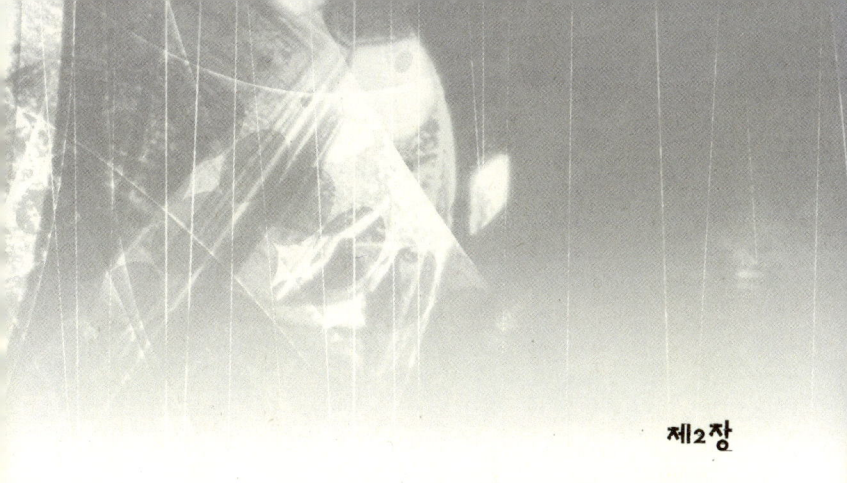

제2장

시즈웰 대 황태자

퍼펙트 마이스터

 드래곤 식당 안은 평소보다 더 왁자지껄한 분위기였다.
 원래는 다 망해 가는 식당이었는데, 어떻게 된 일인지 커크 상단에서 인수를 하고 두 드래곤과 캘리 공녀, 루돌프가 영업을 맡은 이후로는 손님들이 증가하고 있었다.
 게다가 오늘은 캘리 공녀가 혹 하나를 달고 왔다.
 대귀족가의 영애라고 소개는 받았는데, 무척이나 활달하고 재미난 아가씨였다.
 자신의 미모가 파이온 제국의 원톱이라고 서슴지 않고 말하는 것만 봐도 알 수 있었다.
 그런 성격이 두 드래곤의 마음에 쏙 든 모양이었다.
 식당 안에서 음식을 먹던 손님들을 전부 내쫓아 버리고

그녀와 수다 떨기에 여념이 없었다.

갓 만든 따끈따끈한 음식들이 피오나 시즈웰 앞에 연신 놓여졌다.

"파이온 제국은 정말 특이하넹."

아그레스가 재밌다는 표정을 지었다.

"외지에서 온 사람이야 재밌지. 여기 사는 레이디에겐 지옥이야."

피오나 시즈웰이 거침없이 말했다.

물론 그녀는 아그레스나 퍼거슨 씨가 드래곤인 줄은 꿈에도 모른다. 그저 이곳의 맘씨 좋은 식당 주인들로 여기고 있었다.

"그런데 댁들은 한곳에 머물러 있을 타입이 아닌데, 무슨 일로 여기에서 식당을 하고 있는 거야?"

피오나 시즈웰이 호기심 가득한 눈빛을 담고 물었다.

"쟤한테 일이 있어서."

캘리 공녀가 김춘추를 가리키면서 대답했다.

이들과는 떨어진 탁자에 앉아 혼자 조용히 생각에 잠겨 있는 김춘추였다.

"아, 저분."

피오나 시즈웰의 두 볼이 순간 발그레해진다. 아까 캘리 공녀에게 김춘추를 소개받던 순간이 떠올랐기 때문이다.

정혼자도 괜찮았지만, 정말 이렇게 멋진 신사가 어디서

뚝 떨어진 거지?

 김춘추를 처음 보았을 때 제일 먼저 그런 생각이 떠올랐다.

 이런 신사와 연인이라니.

 피오나 시즈웰은 진심으로 캘리 공녀가 부러웠다. 특별히 말이 없는 타입이기는 했지만, 자신과 만만치 않게 당돌한 캘리 공녀를 다 받아 주고 있었기 때문이다.

 물론 드래곤 식당에 동행하게 되면서 이들이 남매지간이라고 소개를 받았다.

 하지만 피오나는 그 말을 믿지 않았다.

 그녀의 직감은 확실하다. 이들은 가족으로 이루어진 상단이라고 했으나, 그것은 어디까지나 신분을 얻기 위한 핑계에 불과하다는 게 느껴졌다.

 분명 각자 나름 사정이 있어서 함께 여행을 다니는 모험가 집단처럼 보였기 때문이다.

 그리고 그런 일은 대륙에서 흔히 벌어졌다. 신분을 사는 것도 길드를 통하면 쉽기도 했고 말이다.

 어쨌든 간에 다른 것을 떠나서 파이온 제국과는 달리 지그에논 왕국의 여자들은 남자들과 대등한 대접을 받고 있다더니. 캘리 공녀의 태도로 봤을 때 그건 확실해 보였다.

 사실 캘리 공녀는 루머스 제국의 사람이었지만, 그것까지 피오나가 알 리도 없었고.

"무슨 일인데?"

피오나는 여전히 김춘추에게서 시선을 돌리지 않은 채 재차 물었다.

그러자 캘리 공녀가 별거 아니란 식으로 대꾸했다.

"개인적으로 뭔가 찾고 있어."

"그게 뭔데?"

"아끼는 보물."

캘리 공녀는 어깨를 으쓱거리면서 말했다.

"저런. 누가 훔쳐 갔나 보지?"

피오나가 안됐다는 표정을 지었다.

"그런가 봐. 상단을 만들어서 이렇게 대륙을 떠돌아다니는 것도 혹시나 보물을 되찾을 수 있나 해서야."

"그런데 그런 말 함부로 하면 안 되지 않아?"

캘리 공녀의 솔직한 대답에 피오나가 되레 걱정스럽게 물었다.

"그렇긴 해."

"난 믿어 주는 거야?"

"넌 대귀족의 여식이잖아. 뭐가 아쉬워서 보물을 탐하겠어. 게다가 뭐 함부로 발설할 타입 같아 보이지도 않고."

"하긴. 그까짓 보물 같은 거."

캘리 공녀의 나름 이유 있는 설명을 들은 피오나가 고개를 끄덕였다.

그때까지 두 여자의 대화를 무심히 흘려듣고 있던 김춘추는 자신이 화제의 중심으로 떠오르자 자연스럽게 시선이 두 여자에게로 향할 수밖에 없었다.

더구나 캘리 공녀는 서슴지 않고 김춘추가 이곳에 있는 목적을 피오나에게 말해 버렸다.

'도대체 무슨 속셈이지?'

김춘추는 황당한 표정으로 캘리 공녀와 피오나를 번갈아 쳐다보았다.

마치 캘리 공녀가 둘이나 있는 듯한 착각마저 들었다. 하긴 모자 가게에서 처음 보는 사람들을 따라가겠다는 피오나였으니 어련하겠냐마는.

어쨌건 처음에 피오나 시즈웰을 드래곤 식당에 데려가겠다는 캘리 공녀의 말을 들었을 때는 어이가 없었다.

하지만 그녀의 이야기를 듣고 보니 딱히 나쁘지도 않겠다는 생각이 들었다. 이런 곳에서 대귀족의 여식과 친해진다면, 수색할 범위를 좀 더 확대할 수 있으니까.

어떻게 보면 피오나 시즈웰은 하늘에서 던져 준 선물과도 같았다.

요 며칠 파이온 제국을 돌아다니다 보니 이곳 여자들의 성격이 상당히 소심하다는 것을 알 수가 있었다.

남자들에게 매우 의존적이기도 했고, 그만큼 화려하게 자신을 치장하거나 겉보기에만 치중한다는 것도 느낄 수가 있었다.

물론 먹고사는 게 급한 서민들이야 달랐지만.

소위 귀족가의 여식들이 타는 마차만 봐도 화려하기 이를 데가 없었다.

거리에 신사들과 활보하는 레이디들이 입고 있는 드레스나 모자, 부채, 보석 등은 무척이나 화려하고 비싼 것들이었기 때문이다.

'히잡 쓰고 꼭꼭 싸매는 나라도 있는데.'

김춘추는 중동 국가들을 떠올렸다.

히잡 뒤에 감추어져 있는 여자들의 화려한 모습도 이미 익히 알고 있지 않는가.

여자들을 억누를수록 그 욕망은 어떻게든지 표출되기 마련이었다.

그런 면에서 피오나 시즈웰은 이곳 여자들과는 확실히 달랐다. 비록 직설적인 말투가 거슬리는 면도 없지 않아 있었지만, 그만큼 시원시원한 성격이 눈에 띄었다.

게다가 만난 지 얼마 되지 않았지만 매력적이기도 했다. 뛰어난 외모도 외모였지만, 투명하고 맑은 눈빛은 한눈에 남자들을 사로잡을 만했다.

물론 그녀가 입을 여는 순간, 레이디로서의 품위와 품행 방정을 최고로 치는 남성들에게는 다소의 실망감을 안겨주기는 했지만 오히려 그런 성격이 김춘추 일행에게는 환영을 받았다.

"무슨 보물이에요?"

피오나가 호기심 가득한 얼굴로 김춘추에게 질문을 던졌다.

"말씀드릴 수가 없습니다."

김춘추는 부드러운 미소를 띠면서 대꾸했다.

"궁금한데."

피오나의 얼굴이 금세 시무룩해졌다. 정말이지 무슨 생각을 하는지 한눈에 확 드러나는 아가씨였다.

"시즈웰 가문은 파이온 제국에서 황족들 다음가는 가문이라던데, 누가 너를 찼니?"

문득 캘리 공녀가 툭 치고 들어왔다. 김춘추가 피오나를 향해 미소 짓는 모습을 보니 약간의 심술이 발동해 버린 것이다.

"찰 사람이 있긴 있지."

피오나가 쓴웃음을 지으면서 대답했다.

"아."

그 말에 캘리 공녀가 고개를 끄덕였다.

대귀족 가문의 영애를 찰 만한 사람, 황족밖에 없지 않은가.

"괜찮아. 태어났을 때부터 정해져 있던 사이였는데, 그래

봤자 겨우 소꿉친구 정도의 감정밖에 없었으니까."

피오나가 애써 미소를 지으면서 말했다.

"그래도 그렇지. 그 황자, 미친 거 아냐?"

그런 피오나의 반응에 캘리 공녀는 자신의 실수를 뼈저리게 느꼈다.

모자 가게에서 워낙 당당하게 정혼자에게 버림받았다고 큰소리치기에 억지로 한 정혼인 줄 알았다.

한데, 상대가 황자다.

황자에게 파혼을 당한다? 이건 시즈웰 가문에서는 매우 심각한 문제일 게다.

게다가 피오나의 표정으로 보아 그녀가 정혼자였던 황자에게 마음이 아예 없던 것도 아니다.

어렸을 때부터 함께 자라고 소꿉놀이하던 친구? 대부분 그런 친구가 바로 첫사랑의 대상이기도 하지 않던가.

캘리 공녀는 미안한 감정이 들었다. 그래서 괜히 더 오버해서 피오나의 파혼을 자신의 일처럼 역정을 냈다.

"알버트가 미친 게 아니고 황태자가 미친 거지."

피오나는 그렇게 말하면서 목소리를 낮추었다.

아무리 그녀라고 해도 황태자의 욕을 하는 것은 조심스럽긴 했다.

파이온 제국의 떠오르는 신성, 황제보다 더 위대한 별로 추앙받는 사람이 바로 황태자 전하였기 때문이다.

황제 폐하가 중병으로 요양 중인 요 2년 사이 황태자는 황제도 하지 못한, 귀족파를 대부분 황제파로 포섭시키는 일을 해냈다.

항간에는 황제의 병이 다 나았음에도 불구하고 퇴위를 고려 중이라는 소문이 돌았다. 황태자에게 힘을 더욱 실어 주기 위해서라고 했다.

그리고 그것을 대부분의 귀족들 역시 바라고 있었으나, 시즈웰 공작과 백작이 반대에 나섰다. 아직 황태자는 연륜이 부족하다는 판단에서였다.

물론 다른 귀족들에게는 그 이유가 먹히지 않는다.

황제가 20년 동안 하지 못한 일을 황태자는 단 2년 만에 해냈으므로.

하지만 피오나 시즈웰은 안다.

할아버지와 아버지가 황태자가 황위에 오르는 것을 반대하는 이유가 표면적으로는 연륜 부족이라고 하지만, 사실은 황태자를 지독히도 두려워하고 있다는 것을 말이다.

그리고 그것은 피오나도 마찬가지였다.

황태자는 진짜 미친 사람이다. 황태자의 친동생이자 한때 그녀의 정혼자였던 알버트 황자가 몰래 해 준 여러 가지 이야기들…….

섬뜩하고 끔찍했다.

피오나 시즈웰은 황태자의 얼굴을 떠올리고는 부르르 떨

었다.

'저 아가씨가 떨어?'

김춘추는 그런 피오나를 유심히 바라보았다.

처음 만난 사람들과 스스럼없이 웃고 떠들면서 그 누구보다 당당하게 굴던 아가씨가 떨고 있다.

아닌 척해도 느낄 수가 있었다. 이 자리에 없는 사람을 생각하는 것만으로도 떤다.

그것은 진짜 두려움이다.

'황태자가 어떤 사람인지 궁금해지는데.'

김춘추는 근 일주일 동안 파이온 제국 수도를 돌아다니면서 제법 많은 정보들을 들었다.

파이온 제국이 급성장한 원동력이 바로 황태자라는 사실도 알아냈다.

물론 전 황제와 현 황제의 통치 기간 동안 다듬어 놓은 베이스가 있으니 가능한 일이었겠지만.

"그 미친 황태자가 뭣 때문에 너랑 황자를 갈라놓았대?"

캘리 공녀가 여전히 분이 풀리지 않는다는 듯이 씩씩거리며 물었다.

"황자를 이용할 데가 생겼나 봐."

피오나 역시 격앙된 목소리로 말했다. 좀 전까지 황태자를 떠올리면서 두려움에 사로잡히던 모습은 온데간데없었다.

"지가 뭔데 연인 사이를 막 갈라놓고 그래."

그때까지 옆에서 가만히 듣고 있던 아그레스가 더 이상을 못 참겠다는 듯이 참견했다.

"그러게 말이야. 다들 황태자라면 벌벌 떨어. 그리고 확실히 말해 두겠는데, 나랑 알버트는 연인이 아니야. 소꿉친구야."

"소꿉친구나 연인이나 그게 그거지."

퍼거슨 씨도 한마디 거들었다.

"소꿉친구랑 연인은 다르죠."

피오나가 퍼거슨 씨에게 항변하듯이 말했다. 그러면서도 그녀의 볼이 붉어지는 건 왜일까?

'좋아하는군.'

'좋아했군.'

"……."

모두들 피오나를 바라보면서 같은 생각을 했다.

"황자를 어디에 이용한다는데?"

아그레스가 고개를 흔들면서 물었다.

피오나는 아그레스의 질문에 살짝 풀 죽은 목소리로 대꾸했다.

"다른 나라 공주랑 결혼시킨대."

"저런."

"……."

"……."

아그레스의 외마디 탄식 후 또 한 번 침묵이 이어졌다.

그때, 캘리 공녀가 침묵을 깨고 말했다.

"그래도 너무해."

"나도 그렇게 생각은 해. 알버트도 매우 미안해했어."

그러자 피오나가 격하게 고개를 끄덕이면서 동의했다.

"미안해하면 다야?"

아그레스가 또 끼어들었다.

"알버트도 어쩔 수가 없어. 황태자의 말이라면 꼼짝도 못하는걸."

"에구, 그런 남자면 깨진 게 차라리 낫다."

아그레스의 말에 피오나도 진지한 목소리로 맞장구를 쳤다.

"나도 그렇게 생각해. 자기 친형한테 꼼짝도 못하는데, 나랑 결혼해서 우리 가문을 어떻게 지키겠어."

"그것도 그러네. 도대체 황태자가 얼마나 무섭기에 그래?"

캘리 공녀가 이해가 안 간다는 표정을 지었다.

"대외적으로는 안 무서워. 그런데 지금 내가 한 말을 어디가서 떠들거나 하지 않겠지?"

말을 하며 피오나는 주변을 두리번거리면서 겁에 질린 표정으로 중얼거렸다.

"그걸 걱정했으면 진작에 입을 다물었어야지."

퍼거슨 씨의 지적을 받은 피오나가 큰 눈을 더욱 동그랗게 뜨면서 어이없다는 듯 어깨를 으쓱였다.

"그렇긴 해요. 그렇긴 한데 저, 왜 이렇게 입을 열고 싶죠?"

"우리가 편한가 봐."

캘리 공녀가 이해한다는 듯이 말했다.

"그런가 봐."

피오나는 자신도 이해가 안 간다는 듯이 고개를 끄덕이면서 말했다.

오늘 처음 만났음에도 불구하고 커크 상단 가족들은 너무도 익숙하고 편안했다. 마치 본향에 돌아온 것 같은 그런 느낌이었다.

물론 두 드래곤이나 김춘추가 그녀에게 정신 마법을 건 것은 아니었다.

다만, 드래곤들이 있다 보니 그들이 딱히 무엇을 하지 않더라도 인간들은 저도 모르게 자신의 밑바닥까지 드러내는 게 아닐까 싶었다.

거대한 존재 앞에서 가식이라든지 그런 것들이 저절로 사라지고 난 후 밀려오는 편안함 아닐까?

"황태자는 그렇다 치고, 황자는 어느 나라 공주랑 결혼한대?"

호기심을 이기지 못하고 캘리 공녀가 질문했다.

파이온 제국이 다른 나라와 혼약을 맺는다는 것은 매우 중요한 일이었다. 대륙의 판도에 커다란 영향을 미칠 것이 분명했기 때문이다.

피오나의 입이 뻐끔거려졌다.

다음 순간, 김춘추는 자신의 귀가 잘못된 줄 알았다. 하지만 틀림없었다.

"리디아."

⊕ ⊕ ⊕

"우리나라 황녀라고?"

캘리 공녀가 가까스로 정신을 차리고 먼저 입을 열었다. 김춘추는 애써 표정 관리를 했다.

"두 나라 간에 정식으로 공포된 게 아니라서 함부로 발설했다가는……."

그렇게 말하면서 피오나는 김춘추 일행의 눈치를 보았다.

정말이지 이상하다. 내가 이렇게 입이 쌌던가?

이상하게 이들 앞에서는 무엇이든 이야기를 하고 싶어진다.

'혹시?'

이들 중 정신 마법을 사용할 수 있는 마법사가 있는 건 아닐까?

절레절레.

피오나는 이내 머리를 흔들었다.

그녀는 대파이온 제국 최고 귀족가의 영애다. 정신 마법 등의 공격에 대비해서 이미 그녀의 몸에는 여러 겹으로 결계가 걸려 있었다.

시즈웰 가문보다 상위의 가문이 동원한 마법이 아니고서야 그녀의 몸에 걸려 있는 결계를 깨기란 어렵다.

그런데 왜?

내가 이렇게 수다스럽지.

그런데 또 마음이 편하다.

좋다. 마치 엄마에게 모든 것을 털어놓고 위로받고 있는 꼬마 소녀가 된 기분이었다.

'믿을 수 있는 사람들이라는 걸까?'

피오나는 애써 혼란스러운 머리를 흔들면서 김춘추 일행을 바라보았다.

정말이지 특이한 사람들이다.

서로 성별을 바꿔 남장과 여장을 한 채 서빙하고 있는 제인과 이반, 주방을 책임지고 있으며 이들 남매의 아버지라고 주장하는 한스 씨, 그리고 타오르는 붉은 머리카락의 소유자인 그레이아는 종잡을 수 없는 여자였다.

어디 그뿐인가.

이들 중 가장 기이하고, 그녀의 마음을 사로잡는 사람은 다름 아닌 게리였다.

그런데 지금, 그의 얼굴이 흔들린다.

무겁다.

비록 오늘 처음 만났지만, 여태껏 짓던 표정과는 비교도 안 될 만큼 그의 안색이 어둡다.

지그에논 왕국에서 온 사람들이라서 그런가?

아니면 그 리디아 공주라는 여자와 친분이 있다던가? 혹시 공주의 연인인가?

피오나는 머릿속으로 상상의 나래를 펴고 있었다.

김춘추 정도의 외모와 매력이라면 그 나라의 공주도 충분히 그에게 빠질 만하다.

만약 자신에게 알버트가 없었더라면 아마 김춘추를 보자마자 흠뻑 빠졌을 테니까.

"혹시 리디아 공주를……?"

피오나의 조심스러운 물음에 캘리 공녀가 대답했다.

"우리 모두 친구야."

"친구?"

"친구."

"그렇구나."

피오나는 고개를 끄덕이면서도 여전히 김춘추 쪽으로 향한 시선을 거두지 못했다.

이들이 그 공주와 친구란다.

그리고 저 남자가 보이는 저 반응은 절대 친구의 것이 아니다.

그 이상, 연인만이 지을 수 있는 표정이다.

내가 그랬으니까.

알버트 황자에게 그 소식을 듣고 짓던 표정과 너무도 흡사했으니까.

"걔는 그런 말 안 했는데."

아그레스가 고개를 갸웃거리면서 말했다.

"그러게. 우리가 떠날 때까지 별말 없었는데."

퍼거슨 씨조차 김춘추를 힐끗 쳐다보고는 중얼거렸다.

"결정된 지 며칠 안 됐거든요."

피오나가 친절하게 설명해 주었다.

이들 일행과 저 남자의 표정을 보아서는 그 공주와 각별한 사이임에 분명했다.

어쩌면 인연도 이런 인연이 다 있을까?

황태자의 변덕으로 인해 양쪽에서 버림받은 두 연인이 한자리에서 이렇게 우연히도 만나다니.

하늘이 분명 무슨 뜻을 보여 주는지도 모른다.

"그 나라에서도 난리가 났을 거예요."

"그렇겠지."

피오나의 말에 퍼거슨 씨가 고개를 끄덕였다. 나머지 일행도 수긍하는 분위기였다.

"내일 그 공주가 황궁에 오는데, 댁들은 그것도 모르겠군요?"

"무슨 일이 이렇게 빨리 진행돼?"

캘리 공녀가 깜짝 놀라서 되물었다.

보통 황실이나 왕실의 결혼 절차는 꽤나 복잡하고 긴 시간을 필요로 했기 때문이다.

"황태자가 직접 나서서 진두지휘하나 봐. 분명 속셈이 있을 거야."

"지그에논의 반응은?"

캘리 공녀가 김춘추를 한 번 쳐다보고는 그의 마음을 대변하듯이 물었다.

"그쪽은 어쩔 수 없을걸? 솔직히 천하의 나라고 해도 황태자 어명을 어길 수는 없거든. 게다가 지그에논 왕국은 아주 소국이잖아? 말이 제국이지, 웬만한 왕국보다 더 힘든 게 사실이니까."

피오나가 일행의 눈치를 보면서 말했다.

"그건 인정."

캘리 공녀가 고개를 끄덕였다.

"그러니까, 황태자가 갑자기 변덕을 부려서 네 정혼을 깨고 지그에논의 리디아랑 네 정혼자를 결혼시키겠다고 했다 이거지? 그리고 내일 리디아가 오고?"

아그레스가 피오나의 말을 정리하듯이 읊었다.

"아마 내일 오후쯤에나 도착할 거야. 황실 전용의 공간 이동 마법진을 펼친다고 해도 한 번에 올 수는 없을 테니까."

피오나는 자신이 아는 사실을 전부 말해 주려고 애를 썼다.

"그렇군요."

그때까지 조용히 있던 김춘추가 고개를 끄덕이면서 입을 열었다.

"파이온 제국이잖아요."

피오나가 김춘추를 향해서 속삭이듯이 말했고, 김춘추가 쓴 미소를 지으면서 대답했다.

"친구가 대제국의 황자와 결혼하면 좋지요."

"표정은 안 그런데요?"

"관심 고맙군요."

"공주를 만나고 싶다면 내가 도와줄게요."

피오나가 진심 어린 표정으로 도움의 손길을 뻗어 왔다.

"그게 가능해?"

캘리 공녀가 옆에서 끼어들었다.

"내일은 어려워도 아마 그다음 날 저녁에 황태자는 리디아 공주의 환영 파티를 열 거야. 그때 나와 함께 가면 돼."

피오나가 단정 짓듯이 말했다.

"옛 정혼자한테 복수라도 하려고 새 연인을 데려가는 거야?"

"피차 좋잖아?"

캘리 공녀의 직설적인 말에 피오나가 솔직하게 수긍했다.

"뭐, 나쁘지 않네요."

김춘추 역시 고개를 끄덕였다.

"너 진짜 가려고?"

"황궁에 들어갈 수 있는 기회인데?"

김춘추가 씨익 웃었다.

리디아가 이곳에 온다. 그것만으로 가슴이 뛴다.

물론 그녀가 오는 사정은 탐탁지 않다.

하지만 이런 경우를 일거양득이라고 하지 않던가.

"우왕, 역시!"

아그레스가 갑자기 몸을 비비 꼬면서 김춘추에게 엄지손가락을 치켜들었다.

"나도 따라갈래!"

캘리 공녀도 자리에서 벌떡 일어서면서 소리쳤다. 루돌프가 그런 캘리 공녀를 말렸다.

"넌 좀 위험해."

"칫, 그래 봤자 내 얼굴을 아는 사람도 없는데."

캘리 공녀가 투덜거렸다.

"넌 리디아랑 친한 것도 아니면서 그래?"

아그레스가 정곡을 찌르듯이 물어 오자, 캘리 공녀가 서운한 듯한 표정을 지어 보였다.

"파이온 제국의 황궁은 어떻게 생겼나 보려고."
"갈 수 있는 방법은 있어."
피오나가 장난기 가득한 미소를 지으면서 말했다.
"무슨 방법?"
"내 하녀로 가는 거."
"……."
"다른 좋은 방법 있어?"
피오나는 캘리 공녀를 보면서 키득키득 웃었고, 캘리 공녀는 한숨을 쉬었다.
"어쩔 수 없네."
"캘리!"
루돌프가 아연실색이 된 표정으로 소리쳤다.
"루돌프, 이왕 모험하려고 세상에 나온 이상 이것저것 구경해 봐야지. 게다가 춘추도 옆에 있고."
"그, 그렇긴 하지만, 여기는 파이온 제국이라고."
"그건 나도 알아. 하지만 나에게 무슨 일이 생기면 양부께서 가만히 있겠어?"
그렇게 말하면서 캘리 공녀는 퍼거슨 씨를 바라보았다.
"어흠, 우리 딸에게 무슨 일은 안 생기지."
퍼거슨 씨는 자신을 믿는 캘리 공녀의 자신만만한 표정에 기분이 좋았다.
"됐지?"

퍼거슨 씨의 대답에 캘리 공녀가 만족스러운 표정을 짓고는 루돌프를 바라보았다.

그러자 루돌프는 말없이 고개를 끄덕였다.

퍼거슨 씨는 블랙 드래곤이다. 그가 황궁에 동행하지 않더라도 이곳에 앉아 있는 것만으로도 캘리 공녀를 지킬 수가 있다.

만약 그녀에게 무슨 일이 생기기라도 한다면, 틀림없이 그 일이 생기기 전에 그녀를 구해 낼 것이다.

"으흠."

이들의 모습을 보면서 헛기침을 한 피오나가 나지막한 목소리로 말했다.

"처음 소개받은 이름과는 좀 다른데?"

그제야 캘리 공녀와 루돌프는 자신들의 실수를 깨달았다.

벌떡.

그때, 김춘추가 자리에서 일어섰다.

그리고 피오나와 캘리 공녀 등이 앉아 있는 테이블 앞으로 천천히 다가왔다.

"김춘추라고 합니다. 사정이 있어서 신분을 밝히지 못하는 점은 용서하십시오."

"아."

김춘추의 정중한 태도와 솔직한 말투에 피오나는 이내 고개를 끄덕였다.

"이미 짐작하고 계셨겠지만 이분도 아주 고귀한 분이십니다. 사정이 있어서 지금 저희와 이렇게 함께 움직이고 있습니다. 고귀하신 분이 마다 않고 하녀 역할도 자청하시니 그것으로 서운한 마음은 풀어 주십시오. 절대로 피오나 시즈엘 님에게 피해를 끼치지 않겠습니다."

김춘추는 캘리 공녀 쪽으로 시선을 돌리면서 말했고, 그 말을 듣던 피오나는 계속해서 고개를 끄덕였다.

어차피 이들이 진짜 신분을 자신에게 말해 주었을 리는 없다. 그건 이 식당에 들어섰을 때 이미 눈치채지 않았던가.

김춘추는 그 점을 정확하게 지적하고 있었다.

"솔직해서 좋군요. 한데 제게 피해를 끼치는 않겠다고 하지만, 그 말을 어떻게 믿죠?"

피오나가 날카롭게 물었다.

"시즈엘 백작님을 직접 면담하면 되겠습니까?"

"우리 아버지가 그렇게 한가한 사람은 아닌데."

자랑스럽다는 듯이 내뱉은 피오나의 말투에는 아버지에 대한 애정이 듬뿍 배어 있음이 느껴졌다.

"물론입니다. 하지만 레이디 피오나 님을 아주 사랑하시는 분이신 걸로 짐작됩니다만."

"그, 그렇긴 하죠. 그게 이유가 되나요?"

"그럼요. 피오나 님께서 알버트 황자를 사랑하시는 한 시즈엘 백작께서 이대로 파혼당하고 앉아 계실 것 같지는 않습니다."

"……."

순간 피오나의 얼굴이 어두워졌다.

김춘추의 말은 사실이었다.

황태자에 의해서, 일방적으로 파혼을 당했을 때 보여 주던 시즈웰 백작의 분노는 이만저만이 아니었다.

직접 황제에게 달려가는 등, 어떻게 해서든지 파혼을 막으려고 애썼다.

하지만 황태자의 힘에 대항하기에는 무리였다.

대부분의 귀족파조차 황제파로 돌린 사내, 황태자를 무슨 수로 일개 백작이 막을 수 있겠는가.

게다가 할아버지 시즈웰 공작은 그 소식을 듣고도 전면에 나서지 않으셨다.

분명 탐탁치는 않아 하신다.

하지만 이런 일에 귀족이 반기를 드는 것은 반역과도 같다. 아직 혈기왕성한 아버지에 비해서 할아버지는 나이가 주는 지혜로 자신의 분노를 삼키고 계셨다.

피오나의 파혼은 시즈웰 가문 전체에 어두운 먹구름을 가져왔다.

황제파로서 가장 충실했던 시즈웰 가문이건만, 모든 귀족들 중 우두머리 격이었던 시즈웰 가문이 몰락하는 게 아닌가 하는 우려도 낳고 있었다.

만약 공작인 할아버지가 아버지처럼 행동하셨다면 그것을 빌미로 황태자는 시즈웰 가문에 어떤 짓을 서슴지 않고 했을지도 모른다.

 심지어 황태자 쪽은 시즈웰 공작이 대항하지 않은 것을 오히려 아쉬워한다고 했다.

 필시 꼬리를 잡고 싶어 한다.

 귀족들 중 너무 큰 힘과 영지를 갖고 있는 시즈웰 가문은 어떤 의미에서는 황태자에게 눈엣가시였다.

 현 황태자에게 충성하는 것이 아닌, 황제에게 그 충성의 맹약을 하고 있었으니까 말이다.

 "제가 그간 들은 이야기와 정보도 있고, 오늘 피오나 님의 이야기들을 들어 보니 대충 시즈웰 가문이 처한 상황도 짐작됩니다. 저 역시 리디아 황녀께서 파이온 제국 황태자의 농간에 넘어가지 않게 되길 바랄 뿐입니다. 이것만으로도 피오나 님과 저희가 힘을 합칠 이유가 될 것 같습니다."

 "지금 그 말씀, 황태자나 그 측근이 들으면 반역이라는 거 알아요?"

 피오나의 눈이 동그레지면서 목소리가 심하게 떨려 왔다. 황태자에 대해서 확실히 그녀는 두려움을 안고 있었다.

 김춘추는 고개를 단호하게 저었다.

 "글쎄요. 시즈웰 가문이 살아남기 위해서는 무언가라도 하셔야 할 것 같은데."

"누가 들으면 어쩌려고 그런 말씀을 함부로 하시죠?"

피오나가 걱정스런 눈길로 물었다.

"도청 걱정이라면 하지 마십시오. 그 누구도 이곳에서의 대화는 엿들을 수가 없을 겁니다."

김춘추가 퍼거슨 씨와 아그레스 쪽을 한 번 힐끗 쳐다보고는 단호하게 선언하듯이 말했다.

피오나는 김춘추의 시선에 따라 두 사람을 번갈아 쳐다보았다.

'저 두 사람이 대단한 마법사인가?'

딱히 짐작할 만한 것은 없지만, 김춘추 자신도 마법사라고 진작 소개받지 않았던가.

4서클 마법사가 믿는 마법사라면? 적어도 대마법사라는 얘기인데.

피오나는 그제야 안심이 되었다.

대륙에서 흔하지 않은 마법사들이 지금 이 자리에 득실득실했다.

"아 참, 깜빡하고 말하지 않았는데. 너!"

갑자기 아그레스가 무언가 생각난 듯이 피오나를 가리키면서 소리쳤다.

"네?"

피오나는 자신도 모르게 깜짝 놀라서 눈을 토끼처럼 동그랗게 떴다.

"옷에 탐색 마법 장치가 있더라. 쯧쯧."

"헉!"

"진작 들어올 때 노이즈 좀 심어 놨어. 우리 대화는 전혀 들을 수가 없었을 테니 걱정 마."

"아……."

피오나는 금방이라도 울 것 같은 표정을 지었다.

자신의 몸에는 여타의 마법에 걸리지 않도록 여러 개의 결계가 쳐 있다.

그럼에도 불구하고 탐색 마법이 걸려 있다는 것은…….

적어도 시즈웰 가문이 동원할 수 있는 마법보다 상위의 마법을 걸 수 있는 가문에서 한 짓이다.

그것이 의미하는 바는 뻔하다.

황태자는 시즈웰 가문을 이대로 내버려 두지 않을 것이다. 파혼은 겨우 시작에 불과했던 것이다.

"제가 어떻게 해야 하죠?"

이윽고 결심한 듯이 다부진 눈빛의 피오나가 김춘추를 향해서 물었다.

"일단 백작님을 뵙도록 하죠."

김춘추가 고개를 끄덕이면서 대답했다.

"우와, 뭔가 또 시작되는데!"

김춘추의 말을 듣고 있던 아그레스가 옆에서 한마디 했다.

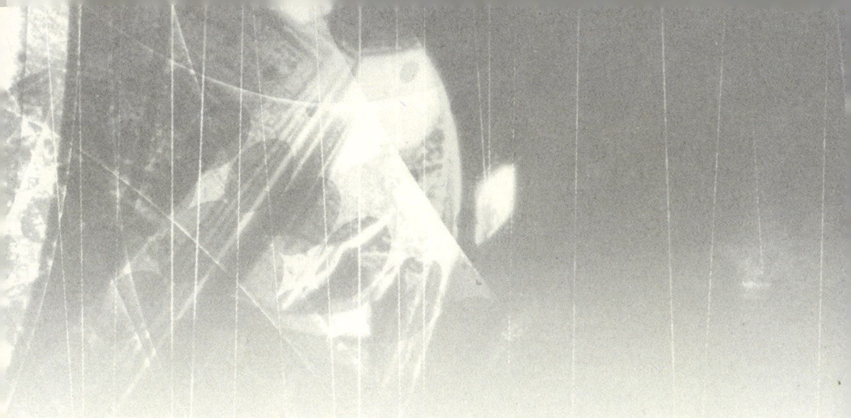

제3장

황궁의 비밀

퍼펙트 마이스터

 리디아는 떨리는 가슴으로 파이온 제국의 황태자, 지그문트를 만나기 위해 알현실로 향했다.

 육중하고 화려한 알현실의 문이 그녀의 앞에 나타났다. 황금 드래곤의 장엄한 모습을 새겨 넣은 문은 번쩍이는 금으로 빛났다. 이 문 하나만 놓고 보아도 지그에논과는 비교도 안 될 만큼 굉장하다.

 어젯밤 그녀가 묵은 침실 역시 화려하고 아름다웠다. 엘프족이 수놓아 만들었다던 커텐과 침대보 등은 감미롭고 부드러웠고 화려하기 그지없었다.

 어디 그것뿐인가.

 그녀의 눈에 띄는 모든 것들은 화려하고 아름다웠다. 파이온 제국이 얼마나 부국인지를 보여 주는 증거였다.

꿀꺽.

리디아는 며칠 전 날아왔던 그것을 떠올리며 침을 삼켰다.

파이온 제국 황자의 청혼서.

그것이 지그에논 제국에 주는 의미는 잘 알고 있었다.

성사되기만 하면 그녀의 고국은 다시 제국으로 우뚝 서는 발판을 마련하게 된다.

두 공국은 다시 지그에논을 섬기겠지. 파이온 제국의 힘을 무서워해서라도 말이다.

그녀 빼고 모두가 만족하고 행복할 결혼이 되겠지.

왜 이 순간, 김춘추의 얼굴이 떠오를까.

하필 그도 지금 파이온 제국 어딘가에 있을 텐데.

하필이면…….

자신이 온 것을 알고 있을까?

리디아는 고개를 흔들었다.

그녀와 알버트 황자의 결혼 이야기는 아직 공식화되지 않았다.

오늘 밤, 수도에 사는 모든 귀족들을 파티에 초대했으니 곧 알게 되겠지.

얼마나 놀랄까? 아니, 놀래 주기는 할까?

리디아는 김춘추의 속마음을 알고 싶었다.

그의 언질만 있다면.

리디아는 또다시 고개를 흔들었다.

모든 것이 엉망이다. 어떤 판단을 내려야 할지 전혀 감이 오지 않았다.

어쨌건 간에 제국의 미래는 중요하다. 그것 때문에 지구라는 곳까지 가지 않았던가.

그분을 찾는 일이 쉽지 않게 된 이상, 아니 쉽지 않은 일이라고 알고는 있었지만 그것을 뼈저리게 느끼게 된 이상 그녀는 쉬운 방법을 선택해야 한다.

설령 그녀 자신이 희생되더라도.

"휴우."

리디아는 긴 한숨을 쉬었다.

지금 이 상황은 그녀 혼자서 풀기에는 너무도 어렵다. 일단, 파이온 제국까지 오기는 왔는데.

리디아는 아랫입술을 꽉 깨물었다.

"곧 황태자 전하께서 나오실 겁니다."

알현실에 대기하고 있던 시녀가 조용히 다가와 속삭였다.

리디아는 말없이 고개를 끄덕였다.

'황태자가 왜 보자고 했지?'

그녀는 알현실 내부를 두리번거렸다.

기묘하다.

그녀가 묵던 곳이나 그녀가 둘러보았던 그 어떤 곳보다 알현실은 더욱 화려했다. 온갖 보석과 귀한 물건으로 꾸며 놓았기 때문이다.

아무래도 각국 사신들을 개별 면담하는 곳이니 각별히 신경을 쓴 것 같다.

그런데 그것이 아름답게 보이지가 않았다.

여태껏 그녀의 눈에 띄던 것들은 아름답고 위풍당당했었다. 그런데 이곳은 참으로 이상하다. 오한이 들 지경이었다.

하지만 그녀 자신의 개인적인 감상이나 느낌은 중요하지 않다.

그녀는 지금 지그에논 제국의 사절단 대표이자 이번 일의 가장 중요한 당사자니까.

'황제의 알현실이라고 하던데.'

리디아는 지그문트 황태자의 지금 위치가 얼마나 대단한지 새삼 깨달았다.

분명 그녀와 알버트 황자의 결혼 추진도 황태자가 했으리라.

'왜?'

의문이 든다.

파이온 제국의 입장에서 지그에논 제국과의 혼사는 그다지 얻을 게 없다.

물론 얼마 전 첩자를 보내서 발각당한 일은 있지만, 그런 일은 판테온 대륙에서 드물지 않게 일어난다.

'코러스 산 때문일까?'

리디아는 고개를 흔들었다.

코러스 산은 지그에논 국경뿐 아니라 다른 나라들의 국경에도 맞닿아 있다. 그러니 굳이 지그에논 제국이 아니라도 된다.

또한 딱히 코러스 산을 손에 넣을 이유가 파이온 제국에는 없다.

벌컥.

그때, 알현실 한쪽의 문이 열렸다.

긴 생머리, 진짜 순금보다 더 빛나는 금빛 머리카락, 새하얀 피부에 어울리는 큰 눈과 오뚝 솟은 코.

'하아… 정말이지.'

리디아는 자신의 눈앞에 서 있는 지그문트 황태자의 모습을 넋을 놓고 바라보았다.

여자보다 아름답다.

"황태자 전하이십니다."

시녀가 고개를 숙인 채로 나지막이 말했다.

"아, 결례를 용서하십시오. 지그에논 제국의 리디아입니다."

리디아는 그제야 정신을 차리고 드레스 자락을 살짝 쥔 채 한쪽 무릎을 살짝 굽히면서 말했다.

"하하하, 괜찮습니다."

지그문트 황태자의 목소리가 금 쟁반에 옥구슬 구르듯이 들렸다.

'어쩜, 목소리도 좋아.'

리디아의 얼굴이 순식간에 붉어졌다.

문득 남자답고 잘생긴 김춘추가 떠올랐다. 그에 비해 지그문트 황태자는 여자가 보기에도 예뻤다. 단순히 예쁜 게 아니라 뭔가 이질적인 느낌마저 들었다.

"이렇게 오시라고 해서 죄송합니다."

지그문트 황태자는 미소가 만면한 얼굴로 리디아에게 말을 건넸다.

"괜찮습니다."

리디아는 지그문트 황태자를 다시 바라보았다.

처음엔 그의 빛나는 미모가 주는 이질적인 느낌에 당황할 정도였다. 그것은 자신이 여자라서 아니라, 아마도 이 방에서 그를 만나게 되는 사신들이라면 다 똑같은 반응을 보였을 것이다.

그녀의 옆에 있는 시녀의 침착한 모습을 보면 늘 있는 일임에 틀림없었다.

쏴아아.

리디아는 마나 서클이 흔들리는 것을 느꼈다.

'왜?'

마나 서클이 반응한다. 지그문트 황태자에게.

이런 일은 처음이었다.

'아.'

처음 이 방에서 느꼈던 그 이질적인 기운과 기묘한 느낌이 지그문트 황태자에게서 나온다.

이 방의 주인이 그니까. 방도 주인을 따라가나 보다.

참으로 이상한 일이었다.

저렇게 상냥하고 화려하고 아름다운 이에게서 느껴지는 이 섬뜩하고 기묘한 느낌은 어떻게 설명할 수가 없었다.

"흠."

지그문트 황태자의 두 눈이 차갑게 빛났다.

그가 턱짓을 하자 시녀들과 시종들은 조용히, 재빠르게 알현실을 나갔다.

이제 단둘만 커다란 알현실에 남았다.

갑작스런 황태자의 태도에 리디아는 또 한 번 당황했다.

'왜 시녀들과 시종들을 내보내지?'

지금 두 사람은 공식적인 만남을 갖고 있다. 그런데 주위 사람들을 물리치다니.

그 이유는 단 한 가지다.

은밀하게 할 이야기가 있어서.

'첩자 때문인가?'

파이온 제국으로서는 지그에논 제국에게 첩자를 보냈다

는 사실조차 부끄러운 일일 게다.

리디아는 떨리는 가슴을 애써 진정시키고는 자신이 내린 결론이 맞기를 바랐다.

"오늘 밤, 파티 얘기는 들으셨을 겁니다."

지그문트 황태자가 부드럽게 속삭이듯 말하면서 황금으로 장식되어 있는 작은 주전자를 들어 역시 황금으로 장식된 찻잔 위에 따랐다.

그 순간, 향기로운 냄새가 찻잔 주위로 퍼져 나갔다.

"코러스 산 정상에서 나는 찻잎으로 끓인 겁니다."

그렇게 말하면서 지그문트 황태자는 찻잔을 리디아에게 넘겨주었다.

"향이 정말 좋네요."

찻잔을 받으면서 리디아가 고개를 끄덕였다.

그녀도 잘 아는 향이다.

"정말 이상한 일입니다. 불과 얼마 전까지는 코러스 산 정상에서 나는 찻잎을 구경한다는 일은 있을 수 없는 일이었는데."

지그문트 황태자가 중얼거리듯이 말했다.

뜨끔.

황태자의 말에 리디아는 고개를 살짝 숙였다. 자신의 흔들리는 표정을 보여 주지 않기 위해서였다.

이 찻잎은 자신이 유통시켰다.

엘르 호숫가에서 나는 약초들을 캐다가 향이 좋은 것들은 찻잎으로 만들지 않았던가.

그 덕에 지그에논 제국의 국고에 꽤 짭짤한 수입이 생겼다.

"알버트 황자와는 만나셨습니까?"

지그문트 황태자가 이내 화제를 돌렸다. 리디아에게는 정말 다행이었다.

하지만 여전히 찝찝하다.

황태자가 정말 모를까? 조금만 조사하면 이 찻잎의 유통 당사자가 지그에논이라는 사실을 알 텐데.

모른 체하는 걸까?

물론 엘르 호숫가의 약초라는 사실은 아무도 모른다. 코러스 산 정상 부근의 약초라고 소개하면서 유통시켰기 때문이다.

코러스 산 정상 부근까지 다가가는 것조차 대단한 일이다. 온갖 몬스터들이 엘르 호숫가 결계를 지키고 있었으니 말이다.

리디아는 미소를 머금은 채 지그문트 황태자를 향해 말했다.

"어제저녁, 이곳에 도착했을 때 마중 나오신 이가 알버트 황자십니다."

"으흠… 그 녀석, 괜찮군."

지그문트 황태자의 입가에 만족스러운 빛이 감돌았다.

하지만 여전히 그의 눈은 무언가 탐색하는 듯했다. 리디아는 그것을 느꼈다.

찝찝하다.

도대체 이 만남은 무슨 의미일까?

원래 사신들과 이렇게 눈치작전을 펴는 걸까?

리디아는 한 번도 해 본 적이 없는 사신 역할에 진땀을 빼야 했다.

"저어……."

리디아가 망설이듯 말을 꺼냈다.

"말씀하십시오."

지그문트 황태자가 부드러운 미소를 띤 채 고개를 끄덕였다.

"아직도 이해가 되지 않습니다. 파이온 제국에서 무엇이 아쉬워서 청혼을 넣으셨는지……."

"그게 궁금하셨군요. 이해합니다."

지그문트 황태자는 리디아를 바라보았다.

"이런 질문을 이해해 주셔서 감사합니다. 실례가 되지 않는다면 대답을 듣고 싶군요."

리디아가 황태자의 얼굴을 똑바로 쳐다보면서 말했다.

정말 궁금했다.

왜 자신일까?

지그문트 황태자는 대답하기를 뜸들이고 있었다.

한없이 부드러운 미소를 띠운 채 자신을 바라보고만 있었다.

'왜 저러지?'

리디아는 불안했다.

그리고 이 큰 알현실에 단둘이 있다는 것을 그제야 환기했다.

그녀의 가슴, 마나 서클이 붕괴되는 느낌이 들었다.

온몸의 힘이 빠져나간다.

도대체 이게 다 뭘까? 그녀가 마신 찻잎 때문은 아닐 텐데.

아니, 그것도 원인인 것 같다.

분명 그녀가 유통시킨, 엘르 호슷가의 그 약초는 맞지만 그 안에 무언가가 더 섞인 게 아닐까?

"듣던 대로 솔직하고 아름답군."

지그문트 황태자가 드디어 입을 뗐다.

처음, 예의 바른 태도가 아니라 그의 얼굴 위로 거만한 무언가가 떠올랐다.

"저한테 무엇을 하신 거죠?"

리디아는 드레스 자락을 움켜쥐면서 외쳤다. 목소리가 제대로 나오지도 않는다.

"글쎄, 딱히 뭐한 것도 없는데?"

지그문트 황태자가 차갑게 대답했다.

"원래 사신들에게 이렇게 무례하게 구나요?"

리디아는 아랫입술을 꽉 깨물었다.

조금 전까지 상냥하고 예의 바르던 지그문트 황태자의 모습은 온데간데없었다.

이것이 그의 본성이다.

오만하고 거만한 자.

차갑고 기묘한 자.

어찌 보면 파이온 제국의 황태자답다.

하지만 그에게는 그 이상 무언가가 있다.

그것이 무엇인지 모르지만, 그녀의 마나 서클이 흔들리고 붕괴되는 것으로 봐서 그는 황태자 이상의 무언가를 감추고 있다.

틀림없이.

'혹시 어둠의 마법사?'

리디아는 지그문트 황태자를 노려보았다. 그러면서 김춘추에게 들었던 판테온에서 겪었던 일들이 떠올랐다.

흑마법사를 쫓게 된 일, 그리고 그의 저택 안에서 세 번째 반지를 찾던 일 등.

루머스 제국의 궁전 마법사가 흑마법사와 손을 잡았던 일은 단순히 일개 마법사가 벌일 수 있는 행동은 절대 아니었다. 대륙 전체에 걸쳐 어둠의 집단이 움직이고 있다는 증거이기도 했다.

이미 김춘추에게서 그것에 대해 조심하라는 경고를 받았었다.

"무례? 감히 나에게 무례를 논하다니."

지그문트 황태자가 리디아를 뚫어지게 바라보면서 입을 열었다.

"파이온이 갑자기 성장한 것이 당신 때문이라고 들었습니다."

리디아가 싸늘한 얼굴로 말을 뱉었다.

"내 덕이지."

지그문트 황태자는 고개를 끄덕였다. 그의 눈빛은 리디아를 집어삼킬 것처럼 변해 있었다.

무섭다.

리디아는 오금이 저렸다.

하지만 이대로 겁에 질린 어린 양처럼 보일 수는 없다.

명색이 지그에논 제국의 황녀인데. 제국의 대표 사신으로 이곳에 오지 않았던가.

"순전히 당신의 힘 때문인가요?"

리디아가 쥐어짜듯이 물었다.

"이 영리한 아가씨야, 그런 말은 속으로 생각해야지."

지그문트 황태자가 재밌다는 표정을 띤 채 말했다.

'아차.'

리디아는 그제야 자신의 실수를 깨달았다.

마나 서클이 무너지든 말든, 온몸을 사로잡는 공포감에 정신이 혼미해지든 말든.

일단은 이곳을 나갔어야 했다.

나간 후에 은밀하게 움직였어야 했다.

알현실 내의 온도가 갑자기 내려간 것처럼 느껴졌다. 리디아의 온몸에 차가운 공기가 감돌았다.

"왜 이렇게 춥죠?"

리디아는 당황한 표정을 지으면서 물었다.

"공포감을 느꼈나 보지? 황녀이면서 마법까지 익혔다고 들었는데, 역시 제법 똑똑하군."

지그문트 황태자는 만족스럽다는 듯이 대꾸했다.

"공포감……."

리디아는 이해가 안 된다는 눈빛으로 황태자를 바라보았다.

어지럽다.

"그래, 공포감이지. 나를 제대로 보았다는 뜻이지."

"당신을 제대로 본다?"

"여태 만난 사람들 중 제일 똑똑하군. 반면 제일 어리석기도 하고."

그렇게 말하면서 지그문트 황태자는 리디아의 코앞까지 바짝 다가왔다.

리디아는 그를 피해 달아나고 싶었다. 그러나 어떻게 된 일인지 손가락 하나 까닥일 수가 없었다.

"내가 왜 이러죠?"

"말했잖아. 공포감 때문이라고. 이런… 내 동생에게 주려고 했는데, 이제 돌이킬 수가 없게 됐네."

"…그게 무슨 뜻?"

리디아는 혼란스러운 눈빛으로 웅얼거렸다.

"기대 이상으로 마음에 들어서 말이지. 내가 가지려고."

지그문트 황태자의 두 눈이 더욱 차갑게 빛났다.

"말… 말도 … 안 돼."

리디아는 경악스러웠다.

그녀는 파이온 제국의 황자와 결혼하기 위해서 이곳에 와 있다. 그런데 황태자의 눈에 들다니…….

도대체 황태자가 무슨 속셈으로 저러는지… 아니다.

왜 저러는지 알 것 같다.

단지 설명하기가 어려울 뿐.

그녀의 머리보다 육체가 더 잘 알고 있었다.

공포감에 젖은 육체는 이제 그 자리에 우뚝 서 있을 뿐이었다.

"말하기도 힘들 텐데, 지금까지 제법 오래 버텼네. 마음에 들어. 여태 내 본성과 마주하고 이렇게 오래 말한 사람은 네가 처음이야."

지그문트 황태자가 리디아의 얼굴에 손을 뻗으면서 말했다.

마음 같아서는 황태자의 손길을 뿌리치고 싶다. 그런데 그게 마음대로 되지 않았다.

"맛있어 보여."

지그문트 황태자가 리디아를 보면서 중얼거렸다.

'맛있어 보여?'

순간, 리디아는 더욱 혼란스러워졌다. 그리고 지금 그가 무엇을 하려는지 겁이 났다.

그런 리디아의 복잡한 표정에 황태자는 더욱 재미를 느꼈는지 그녀의 얼굴 위로 바짝 자신의 얼굴을 갖다 대었다.

숨을 쉴 수가 없다.

이것은 남자가 여자에게 다가왔을 때 느끼는 느낌과는 전혀 달랐다.

점점 커져 오는 공포감이 온몸을 죄고 있었다.

"아……."

리디아는 어떻게 해서든지 황태자의 손길을 뿌리치고 싶었다.

하지만 이제 목소리조차 나오지 않는다.

"제법 많이 버텼어, 이 아가씨야."

그렇게 말하면서 지그문트 황태자는 자신의 입술을 리디아의 입술 위에 포개었다.

그 순간, 리디아의 머릿속이 새하얘졌다. 자신 안의 무언가가 빠져나가고 있었다.

마지막으로 그녀가 기억한 것은 그것뿐이었다.

✦ ✦ ✦

그날 밤, 궁전 파티에 초대된 사람들은 모두가 경악할 만한 소식을 들어야 했다.

지그에논 제국의 황녀와 결혼하는 이가 지그문트 황태자라는 사실이었다.

그중 가장 기뻐한 이는 다름 아닌 알버트 황자였다.

김춘추 일행에게는 별다른 의미가 없었다. 그들로서는 황자가 됐든 황태자가 됐든 리디아에게 청혼을 했다는 사실 자체가 중요하지, 형제 중 누구와 결혼하는지는 별로 중요하지가 않았다.

하지만 피오나는 달랐다. 그녀는 진심으로 기뻐했다.

"오, 알버트."

지금 피오나 앞에는 알버트 황자가 서 있었다.

지그문트 황태자와 친형제간이라는 것을 증명하듯이 그 역시 금빛 머리카락을 가지고 있었다.

"형님에게 말해서 다시 우리 약혼을 원상 복구시키겠소."

"아버지께서 가만 계시지 않을 텐데……."

피오나는 살짝 걱정스러워졌다.

과연 시즈웰 백작이 이대로 가만있을까? 다시 두 사람이 약혼하는 것을 허락할까. 제국 내 귀족들이 자신을 두고 수군거리지는 않을까.

온갖 생각이 들었다.

하지만 그래도 좋다. 알버트가 돌아오니까.

세상에 둘도 없는 그녀의 소꿉친구.

피오나는 부드러운 눈길로 알버트 황자를 바라보았다. 그 역시 사랑스러운 눈길로 그녀를 바라보았다.

"이제 제가 옆에 없어도 되는 겁니까?"

문득 김춘추가 미소를 띤 채 물어 왔다.

"아."

피오나는 그제야 자신의 파트너로 온 김춘추를 상기해 냈다.

알버트 황자가 미안한 표정으로 말했다.

"이제 그녀에게 파트너는 따로 필요 없는 것 같군."

그 말에 김춘추가 맞장구를 쳤다.

"그래 보입니다. 그럼 저는 이만 파티장을 물러날까 합니다."

"그래도 이곳까지 오셨는데, 황녀는 뵙고 가야죠."

피오나 역시 미안한 표정을 지으면서 말을 건넸다.

"그래야겠죠. 그러면 잠시, 조금만 더 이곳을 어슬렁거리겠습니다."

 그렇게 나올 줄 알았다는 듯이 김춘추가 대답했다.

 그로서는 오히려 이 상황이 잘된 눈치였다. 굳이 오늘 밤 내내 피오나 곁을 지킬 필요가 없어진 것이다.

 애초에 그럴 마음도 없었지만, 그래도 파트너로서 첫 춤과 마지막 춤을 함께해야 한다는 부담감마저도 사라졌다. 알버트 황자가 대신하겠지.

 김춘추는 두 사람에게 살짝 고개를 숙여 인사를 대신하고는 재빨리 그 자리를 벗어났다.

 리디아와 황태자가 나타나기까지 아직 약간의 시간은 있다.

 아직도 귀족들이 줄줄이 입장하고 있었다. 이들이 전부 입장하고 장내가 안정되면 황태자와 예비 신붓감이 등장할 테니 말이다.

 그 전에 이곳을 충분히 훑어보는 것이 중요했다.

 파이온 제국의 황궁에 들어서자 반지의 기운이 그를 강하게 당겼다.

 분명 반지의 기운이었다.

 반지끼리는 서로 공명하니까.

 전에 반지가 옆에 있어도 알아볼 수 없을지도 모른다고 시바 여왕은 경고했었다.

그런데 그 말과는 다르게 황궁 내 어디선가 다섯 번째 반지는 그를 강하게 당기고 있었다.

'분명 황궁 어딘가로군.'

김춘추의 얼굴 위로 희망적인 빛이 떠올랐다.

그는 최대한 자신의 감각을 끌어 올렸다.

"어디 가시게?"

피오나의 하녀로 변장한 캘리 공녀가 어느새 다가와 속삭였다.

"반지가 이곳에 있는 것 같습니다."

"잘됐네. 피오나도 잘됐으니 한시라도 빨리 반지를 찾아서 나가면 되겠네."

캘리 공녀가 자신의 옷차림새를 훑어보고는 한숨을 쉬면서 말했다.

드래곤 식당에서 20살의 평민 남자로 변장을 한 것과 여자로서 하녀의 옷차림새를 한 것은 엄연히 기분부터 달랐다.

"조금만 참으십시오."

"나도 따라갈게."

캘리 공녀가 단호하게 말했다.

"피오나 공녀 옆에 있어야 하는 거 아닙니까?"

"걔 지금 바빠. 자기 연인 챙기느라. 내가 낄 틈이 없어."

말을 하면서 캘리 공녀는 쓸쓸하게 웃었다.

사랑하는 연인.

물론 피오나는 알버트 황자를 소꿉친구라고 박박 우기지만, 그녀의 눈에는 두 사람이 서로 사랑하는 것이 보였다.

연인의 모습을 보고 있자니 캘리 공녀는 자신의 신세가 참으로 구질구질하다는 생각이 들었다.

"조심하셔야 합니다."

"어떻게 알아? 내가 도움이 될지. 이 궁전을 하녀나 시녀 하나 없이 돌아다니는 게 더 이상해."

"흠, 할 수 없죠."

캘리 공녀의 고집에 결국 김춘추는 고개를 끄덕였다.

"대신, 제 반걸음 뒤에서 따라오시죠. 고개를 살짝 숙인 채로."

김춘추가 놀려 대듯이 말하자, 캘리 공녀의 입술이 삐죽 나왔다.

"칫."

하지만 김춘추의 말은 틀린 게 아니다. 하녀로서 당연한 태도가 아닌가.

"알았어."

고개를 끄덕이는 캘리 공녀를 뒤로하고 김춘추는 몸을 돌려 다시 반지의 기운에 집중했다. 그리고 반지에서 나오는 기운을 따라 걷기 시작했다. 그 뒤를 캘리 공녀가 조용히, 하녀처럼 따랐다.

다행히 이 모습이 파티가 열리는 별궁에서는 자연스럽게 보였다. 그 덕에 곳곳에서 지키는 있는 병사들의 검문을 받지 않았다.

'일단 별궁은 별 문제없이 통과군. 하지만······.'

김춘추는 별궁 입구에서 걸음을 멈추었다.

반지는 별궁 내에 있지 않았다. 또렷하게 느낄 수가 있었다.

별궁 밖으로 보이는 커다랗고 황금색으로 번쩍이는, 매우 화려한 궁전 쪽에서 반지의 기운이 강하게 당겼다.

"저 궁은······?"

김춘추의 시선은 반지가 있다고 추정되는 궁 쪽으로 쏠렸다.

이 상황에서 입구를 지키고 있는 병사들에게 궁전에 대해서 묻는 것은 정체를 탄로 나게 만드는 지름길이나 다름없었다.

그리고 누구의 궁이든 상관없다.

김춘추의 미간이 살짝 찌푸려졌다.

뭔가 이상하다.

분명 처음엔 화려한 궁전 쪽에서 반지의 기운이 강하게 들었다.

그런데 그 기운이 점점 강해진다.

마치 반지가 김춘추가 있는 별궁으로 오고 있는 것처럼

그 거리감이 짧아지고 있었다.

'뭐지?'

이런 경험은 처음이었다.

반지는 고정된 물건이 아니던가?

'반지가 움직인다?'

김춘추는 살짝 고개를 저었다.

점점 반지가 다가온다. 아니, 반지의 기운이 강하게 그를 엄습하고 있었다.

분명 반지가 움직이고 있는 것이 맞다.

그와 동시에 멀리서 기사들과 병사들이 달려온다. 그들은 별궁 입구를 지키고 있는 병사들에게 뭐라뭐라 지시를 내린다.

이 소란스러운 상황은 곧 황태자와 예비 황태자비가 이곳에 등장하신다는 뜻이었다.

-안 가?

그런 김춘추의 행동을 의아하게 여긴 캘리 공녀가 텔레파시를 건넸다.

원래 1서클 마법사는 원활하게 텔레파시를 전할 수가 없었다.

하지만 그녀는 드래곤 퍼거슨 씨의 양녀가 아닌가. 그 덕에 어느새 3서클의 마법사가 되어 있었다.

1서클에서 3서클은 뛰어난 스승만 있어도 어렵지 않게

오를 수 있는 경지였다.

물론 4서클부터는 그 자신의 타고난 감각과 시간 등 여러 가지 요소가 필요했다.

-반지가 다가오고 있습니다.

-그게 뭔 말이야?

-글쎄요. 저도 확인해 봐야 할 듯합니다.

-곧 황태자와 리디아가 등장할 텐데.

캘리 공녀가 걱정스런 표정으로 말했다.

-일단 다시 귀족들 틈에 섞이지.

-그래야겠다.

김춘추는 기사들이 그를 검문하기 전에 재빨리 그 자리를 벗어났다.

물론 별궁 입구로 다가오는 반지 기운을 체크하는 것은 잊지 않았다.

'황태자가 반지를 갖고 있군.'

별궁 입구 쪽을 흘낏 보면서 김춘추는 그렇게 결론을 내렸다.

그렇지 않고서는 이 상황을 설명할 방법이 없다.

만약 그의 추리가 맞다면, 황태자는 반지의 가치를 알고 있는 걸까?

생각해 보니 요 몇 년, 파이온 제국이 급성장했다고 들었다.

그리고 황태자가 전면에 부상했고.

그렇다는 것은 황태자가 반지의 어떤 면을 이용했다고도 볼 수 있다.

김춘추는 아랫입술을 깨물었다.

반지, 그 자체가 갖고 있는 힘은 그도 잘 모른다.

여태껏 반지를 찾고만 있었지, 반지의 힘을 알려고 해 본 적도 없고 그것을 이용할 마음조차 없었다.

단순히 차원의 문지기 후보로서 반지를 찾는 미션에만 집중했을 뿐이다.

그에게 반지는 그런 존재에 불과했다.

설령 반지의 힘이 엄청나다고 해도 탐나지 않는다.

섣부른 욕심은 큰 화를 불러일으키는 법.

✦ ✦ ✦

"어머, 다시 오셨네요?"

여전히 만면에 행복한 미소를 가득 띠고 있는 피오나가 김춘추에게 말했다.

"곧 황태자가 나타날 것 같습니다."

"안 그래도 시종에게 얘기 들었어요. 알버트 황자께서는 이미 단상 위에 가 계셔요."

피오나가 중앙 홀의 상단부에 놓여 있는, 역시 금빛이 번

적이는 단상 쪽을 가리켰다.

 단상 위에는 커다란 황금색 의자 2개가 놓여 있었다.

 그 뒤로 알버트 황자뿐 아니라 3명의 황자들이 더 자리해 있었다.

 "파이온 제국의 황제에게는 황비가 셋이나 있다고 들었는데, 설마 황자와 황녀들이 네 분밖에 없는 건 아니죠?"

 "설마요. 모두 황태자께서 처치해 버렸어요."

 피오나가 부채를 펴서 자신의 입을 가리고는 최대한 낮게 속삭였다.

 "처치?"

 "첫째, 둘째 황비에게서 낳은 황자들은 모두 반역을 일으키려고 했죠. 그걸 황태자께서 미리 알고 전부……."

 더 말하지 않아도 알지 않느냐는 식으로 피오나는 씁쓸하게 웃어 보였다.

 "그렇군요. 황녀들은?"

 "황녀들은 각국으로 시집보냈죠."

 "인질이군요."

 "글쎄요. 황녀들에게 무슨 일이 생겨도 눈 하나 깜빡할 황태자가 아닌걸요. 그곳에서 알아서 잘 살아야 하는 건 황녀들 몫이죠."

 "황족으로 태어난 것이 반드시 좋은 건 아니네요."

 "황궁에 발을 들인다는 자체가 그렇지 않을까요?"

"그럴 수 있겠군요."

피오나의 말에 김춘추는 고개를 끄덕거렸다.

동시에 황태자에 대해서 진작 좀 더 알아 둘 걸 하는 후회감이 몰려왔다.

그의 느낌은 확실하게 정리됐다.

황태자에게 그 반지가 있다. 그리고 어떤 이유에서, 혹은 어떤 우연으로 인해서 황태자는 그 반지의 힘을 이용할 수 있게 됐다.

김춘추가 다시금 물었다.

"저기 단상 위에 있는 황자들은 전부 황태자와 같은 어머니 소생이라는 건가요?"

"꼭 그렇지도 않아요. 알버트 황자만이 황태자와 함께 세 번째 황비의 소생이고, 나머지 황자들은 후비들의 자식이죠. 황태자에게 절대적으로 복종하는 자들이에요. 저들에게 최대한 가까이 마세요."

피오나가 중얼거리듯이 속삭였다.

김춘추는 고개를 끄덕였다.

더 이상 말 안 해도 지금 이 황궁 내 황족들의 위치가 어떤지 잘 알 것 같았다.

흔히, 황태자의 약혼을 공포하는 자리라면 황제와 황비가 나타나야 한다.

그런데 황제는 병석에 있다는 이유로 모습을 드러내지 않고 있다. 심지어 그 많은 황비와 후비들도 보이지 않았다. 더구나 황족의 어르신들조차 아무도 이 자리에 없다.

그들이 이 자리에 없는 것은 자의든 타의든 상관없이 황태자에게 그 원인이 있을 것이다.

관심 없는 나라의 자세한 속사정 따위는 알 바가 아니다.

지금 중요한 것은 황태자, 그가 어떤 힘을 얼마나 갖고 있는지가 문제였다.

뺌뺌뺌빠~!

나팔 소리가 요란하게 울렸다.

"황태자 전하께서 등장하십니다!"

스윽.

동시에 홀 안에 있던 모든 귀족들이 고개를 숙였다.

저벅저벅.

황태자와 리디아의 모습이 홀 입구에서 드러났다.

홀 안에서는 지금 숨소리조차 들리지 않을 정도로 모두가 긴장한 채 허리를 숙이고 있었다.

홀 중앙의 단상을 향해서 황태자와 리디아가 걷는다.

김춘추 역시 고개를 숙였다.

하지만 그와 동시에 제3의 눈을 활용해서 황태자와 리디아를 뚫어지게 바라보았다.

보통 제3의 눈은 아무도 없는 곳에서 시전해야 그 능력을 제대로 활용할 수가 있다. 그 이유는 집중력 때문이었다.

고요한 곳에서 집중을 해야 하는, 그야말로 고도의 작업에 가까웠다.

하지만 지금은 먼 곳을 탐색하는 것이 아니다. 같은 홀 안에 있는 두 남녀를 가까이서 살피는 작업이기에 가능했다.

김춘추의 시선은 제일 먼저 리디아에게 향했다.

그녀의 모습이 뭔가 이질적이다.

웃고 있었다. 리디아가.

환하게.

물론 파이온 제국의 황태자와 결혼하게 됐으니 그럴 수 있다.

욱신욱신.

그 생각에 미치자 김춘추의 가슴이 저려 왔다.

하지만 지금은 개인감정 따위는 중요하지 않았다.

그리고 그녀는 판테온 차원의 사람.

처음부터 그랬다. 어차피 두 사람에게 앞날 따위는 존재하지 않으니.

어쨌건 환하게 웃고 있는 리디아의 모습은 어딘가 이상했다.

생기가 없다.

'생기?'

김춘추는 리디아에게서 시선을 옮겨 이번에는 황태자를 살폈다.

이질적이다.

리디아에게 생기가 없다면, 황태자에게는 생기가 넘쳐흐른다.

그런데 그 생기라는 것이 사람들 개인이 오롯이 갖고 있는 그런 생기가 아니었다.

복합적이다.

이것저것 온갖 섞여 있는 느낌.

'설마… 뱀파이어?'

김춘추는 절로 황당한 미소가 새어 나왔다.

생기는 정직하다.

사람들의 말은 그 자신의 의도를 의식적이든, 무의식적이든 담고 있기에 반드시 진실이라고 볼 수가 없다.

하지만 그에 비해서 각 사람이 가지고 있는 생기는 태어날 때부터 존재하면서 그 사람의, 그 사람다운 기운을 보여 준다.

김춘추는 슬며시 고개를 들어 홀 중앙을 걷고 있는 지그문트 황태자와 그의 팔짱을 낀 채 환하게 미소 짓고 있는 리디아를 바라보았다.

그 순간, 그는 지그문트 황태자와 시선이 마주쳤다.

비릿.

황태자의 입꼬리가 한쪽 위로 올라선다.

김춘추는 그런 그를 노려보았다.

제4장

지그문트 황태자, 그리고 반지

퍼펙트 마이스터

스윽.

지그문트 황태자는 자신을 노려보는 김춘추를 지나쳐 단상 위로 올라갔다.

'오늘은 기쁜 날이라는 걸까?'

김춘추는 단상 위를 뚫어지게 바라보았다.

그의 눈에, 황태자가 옆의 기사에게 뭐라 지시를 내리는 것이 보였다.

김춘추의 입가 위로 미소가 피어올랐다.

'그쪽에서 와 주면 고맙지.'

홀 안은 순식간에 환호성으로 가득 찼다. 막 황태자가 자신이 약혼했음을 공표했기 때문이다.

그의 옆에서 리디아가 환하게 웃으면서 손을 흔들고 있었다.

-쟤, 저래도 되는 거야? 진짜 행복하다는 표정이네.

캘리 공녀가 어이가 없다는 표정을 지으면서 다시 텔레파시를 보내왔다.

-정신을 제압당한 것 같습니다.

-헉, 정말?

-그런 것 같습니다.

-저 황태자가 그런 거야?

-현재로서는 정확하게 알 도리는 없습니다. 하지만 누군가에게, 혹은 무엇에게 정신을 제압당한 것은 확실해 보입니다.

-하긴. 쟤가 아무리 제 나라가 소중하다고 해도 저런 표정을 지을 수는 없지. 제정신이 아니고서야.

캘리 공녀는 고개를 끄덕였다. 지그문트 황태자의 팔짱을 끼고 마냥 행복한 미소를 짓고 있는 리디아의 행동이 그제야 이해가 되었기 때문이다.

리디아가 김춘추를 사랑하고 있다는 것은 캘리 공녀도 잘 안다.

그 눈빛, 그 자신도 한때 지어 본 적이 있으니까.

물론 캘리 공녀도 김춘추에게 관심이 있다.

그렇지만 그것을 사랑이라고 표현하기는 어렵다. 자신이 지어 본 그 옛날 그 표정과 그 느낌과는 아직 괴리감이 있기 때문이다.

하지만 리디아는 옆에서 보기에 그렇다.

그녀의 눈은 항상 김춘추를 향하고 있었다. 그것은 사랑에 빠진 소녀의 눈이었다.

그런데 여태 본 적도 없는 남자와 저리 행복한 미소를 짓는다?

그것은 확실히 이상하다.

캘리 공녀는 김춘추의 말이 사실일 거라고 생각했다.

그렇다면 정말 위험한 상황인 게 맞다.

타국의 공주가 오자마자 정신을 제압한다? 거기다 황자와 결혼할 줄 알았는데 황태자와?

뭔가 거대한 음모가 도사리고 있다.

캘리 공녀의 심장이 빠르게 뛰기 시작했다.

무섭다.

짙은 어둠의 회오리가 그녀의 가슴 깊은 곳에서 일어나고 있었다.

게다가 김춘추의 다음 말은 캘리 공녀를 더욱 불안에 떨게 만들었다.

-공녀님도 조심해야 할 것 같습니다. 저는 곧 황태자가 보낸 병사들에게 잡혀갈지도 모릅니다.

-왜? 왜? 황태자에게 무슨 짓 했어?

-지금 설명할 상황이 아닙니다. 최대한 빨리 이곳에서 몸을 피하십시오. 황궁 밖에서는 드래곤들이 기다리고 계시니, 거기까지만 가면 안전할 겁니다.

-너는 어쩌고?

-제 걱정은 할 필요가 없습니다. 공녀님께서 잡히지 않는 것이 오히려 절 도와주시는 길입니다.

-…….

김춘추의 말에도 캘리 공녀는 요지부동이었다. 뭔가 잠시 생각하는 눈치였다.

사실 그녀는 망설였다.

어차피 위험을 각오하고 파이온 제국의 황궁까지 들어오지 않았던가.

깊은 어둠의 회오리가 그녀의 가슴속에 일렁인다고 해도, 이거야말로 정말 모험 아니야?

짜릿하다.

위험하고 짜릿한 이 감각을 어떻게 설명하지?

그녀의 삶은 여태 지루했다.

평범했던 시골 소녀에서 리스트란 공작가의 양녀로 들어가 황궁에 입궁하기까지.

물론 입궁 초에는 짜릿한 이 느낌이 있었다.

하지만 그 짜릿함은 이내 실망으로, 그리고 좌절감으로

바뀌었다.

그리고 긴 기다림이 주는 무료함과 속상함 등 복잡한 감정.

하지만 그녀의 타고난 성정상 이런 감정을 오래 질질 끌지는 않았다.

그 이후, 황궁에서 도망칠 수 있는 날만을 기다리며 하루하루 버텼다.

단지 황궁만 벗어나는 게 아니라 리스트란 공작가에서도 완전히 벗어나길 원했다.

그리고 그 기회가 왔다.

리스트란 공작이 대마법사를 찾기 위해서 그녀를 코러스 산으로 보낸 것이다.

물론 그 뒤에는 오빠 루돌프가 공작을 설득한 까닭도 있다.

루돌프는 여동생의 불행을 두고 볼 수가 없었다. 그래서 대마법사를 찾기 위해서는, 설령 찾았다고 해도 믿을 만한 지위의 사람을 동행시키지 않으면 그를 데려오기 어렵다는 말로 리스트란 공작을 설득했다.

그 덕에 캘리 공녀는 김춘추를 만났고, 그리고 그 일행으로 지금 이 자리에서 짜릿한 모험을 앞두고 있었다.

위험과 짜릿한 모험.

캘리 공녀는 선뜻 발이 떨어지지 않았다.

김춘추가 다그쳤다.

-어서 도망치십시오.

캘리 공녀가 무언가 결심한 표정으로 텔레파시를 보냈다.

-그렇긴 한데. 나 지금 피오나 하녀로 변장했는데 내가 너랑 관련된 것을 어떻게 알겠어? 그냥 여기서 기다리면 안 될까? 파티가 끝나면 피오나와 함께 자연스럽게 마차에 타고 복귀하는 게 더 낫지 않아?

그녀는 자신의 변명이 김춘추에게 통하길 빌었다. 하지만 김춘추는 고개를 저었다.

-물론 그것도 방법이긴 합니다만, 제 느낌은 별로 좋지 않습니다. 피오나는 오늘 파티가 끝나도 바로 시즈웰가의 저택으로 돌아가기 힘들 것이라 봅니다.

-왜?

-이유가 없습니다. 그냥 감입니다. 그러니 지금 몸을 피하십시오. 피오나와 함께요.

-피오나는 또 왜?

-우리를 데려온 것을 황태자가 알게 되면 위험해지는 건 마찬가지입니다. 같이 피하십시오. 대신 알버트 황자에게는 비밀입니다. 그는 황태자에게 절대 복종하는 자입니다.

-휴우, 피오나까지 위험하다는데 할 수 없지.

캘리 공녀는 그제야 고개를 끄덕였다.

짜릿한 모험이 유혹을 한다고 해도 자신 외에 다른 사람까지 위험에 빠트릴 수는 없었다.

그리고 김춘추의 말은 일리가 있었다.

자신들을 데려온 것은 피오나다. 알버트 황자가 이미 김춘추를 보았다.

물론 하녀인 자신의 얼굴까지 알버트 황자가 알아봤을지 여부는 모르지만.

-지금 즉시 피오나에게 가십시오. 최대한 황자가 눈치 못 채도록 부탁드립니다.

-알았어. 최대한 조심할게. 너도 조심해.

-절대로 알버트 황자에게 말하시면 안 됩니다.

-알았어.

김춘추와 캘리 공녀는 서로를 마주 보며 고개를 끄덕였다.

캘리 공녀는 재빨리 피오나를 찾았다.

그런데 피오나가 보이지 않았다.

'어디 갔지?'

캘리 공녀는 당황했다.

좀 전만 해도 피오나는 그녀의 앞에 있었다. 알버트 황자와 함께.

물론 알버트 황자는 지금 단상 위에 있다. 그렇다고 피오나가 그 옆에 있는 것도 아니었다.

찌릿.

캘리 공녀는 주변에서 자신을 흘낏 노려보는 시선을 느끼고는 황급히 몸을 숙여 뒤로 뺐다.

엄연히 이곳에서 그녀는 하녀의 역할을 하고 있다.

물론 대시즈웰 가문의 대공녀와 파티장에 동행할 정도라면 신분이 아주 미천한 것은 아니다.

그렇기 때문에 파티장 안에서 피오나와 함께 있을 수 있었다.

다른 가문의 공녀들이라면 꿈도 꾸지 못할 일이었다.

그렇다고 해서 귀족들 틈, 그것도 제일 앞줄에서 황태자와 예비 황태자비를 버젓이 볼 수 있는 것은 아니었다.

캘리 공녀는 지금 자신이 함부로 행동해서는 안 된다는 것쯤은 잘 알고 있었다.

'이상하다. 황자가 저 위에 있다면 피오나는 이 앞에 있을 텐데.'

캘리 공녀는 고개를 갸웃거렸다.

정말이지 말이 안 된다.

게다가 알버트 황자는 오로지 황태자의 뒤통수만 바라보고 있었다.

보통 그 자리에 서 있다고 해도 자신의 연인을 찾기에 더 급급하지 않을까?

상식적으로 말이다.

'느낌이 안 좋아.'

캘리 공녀는 김춘추가 한 말이 이해되었다.

그녀의 감으로도 이 상황은 정말 이상하다.

피오나가 사라진 것도 그렇고, 자신의 연인이 보이지 않는데도 알버트 황자는 오로지 형님의 뒤통수만 멍하게 쳐다본다.

마치 인형처럼.

게다가 지그문트 황태자 옆에서 환하게 손을 흔들고 있는 리디아의 모습은 정말이지 낯설다. 마치 황태자와 사랑에 빠진 소녀 같았다.

이 둘은 기껏해야 어제 처음 만났을 텐데.

리디아가 이토록 쉬운 여자였나?

김춘추를 사랑하던 그 소녀가 한순간에 이렇게 바뀔 수가 있나?

리디아의 모습을 자신의 눈으로 확인한 캘리 공녀는 지금 상황이 아주 이상하다는 것을 확신할 수가 있었다.

하지만 그렇다고 피오나를 두고 도망갈 수는 없다. 김춘추와의 약속도 있었지만.

황태자 측에서 뭔가 눈치를 챈 것이 분명하다.

알버트 황자가 첩자라면?

피오나가 재잘거리는 말을 전부 밀고했다면?

'아니지.'

캘리 공녀는 고개를 저었다.

알버트 황자가 황태자에게 밀고하기에는 시간이 너무도 짧았다.

황태자는 나타난 것은 지금. 그 전까지 황자는 피오나와 함께 이 홀에 있었다.

이 홀을 벗어난 적은 없다.

그리고 황자는 곧바로 단상에 올라갔다. 자신의 눈으로 똑똑히 확인하지 않았던가.

그때까지 피오나는 캘리 공녀 앞에 있었다.

잠시 김춘추를 찾아 나섰을 때, 그때 피오나가 사라진 게 분명하다.

그런데 왜?

피오나가 처음부터 밀고자였나?

하지만 그것도 말이 안 된다.

애초에 피오나의 만남은 완전 우연이었다. 그녀가 첩자였을 가능성? 전혀 없었다.

드래곤 식당에서 이들 사이에 오고간 대화들은 전부 드래곤들에 의해서 외부로 유출되지 않았다.

그 이후, 피오나와 캘리 공녀는 황궁에 오기까지 항상 함께 있었다.

캘리 공녀는 귀족들 틈 속에서 몸을 숙여 뒤로 뺐다.

문득, 목덜미에서 찬기가 느껴졌다. 그녀는 고개를 들어

단상 쪽을 바라보았다.

황태자?

'지그문트라고 했나?'

캘리 공녀는 경악했다. 황태자가 자신을 노려보고 있었기 때문이다.

입가에는 미소가 만연했지만, 분명 자신을 노려보는 것이었다.

그것만으로 한기가 든다.

캘리 공녀는 황태자 뒤에 서 있는 알버트 황자가 눈에 들어왔다.

여전히 멍하다.

'혹시……'

만약 알버트 황자가 마법을 할 줄 안다면, 그들과 함께 있을 때 이미 형님에게 이들에 대해서 텔레파시를 보냈을 수도 있다.

물론 텔레파시가 근거리에서 사용되기는 하지만 이들은 황궁, 권력의 핵심에 있는 사람들이 아닌가?

캘리 공녀는 아랫입술을 깨물었다.

정말 위험하다.

머리가 복잡했다.

알버트 황자가 연인을 밀고한다는 게 말이 안 된다.

캘리 공녀는 고개를 저었다.

혹시 김춘추의 말대로, 애초에 이들에 대해서 밀고를 받지 않았더라도 시즈웰 가에 대한 황태자의 제재가 오늘 이후에 벌어진 작정이었다면…….

캘리 공녀는 그제야 자신의 결론이 마음에 들었다.

'역시 김춘추야.'

시즈웰 가는 황태자가 황위를 물려받는 것을 반대하고 있다고 들었다.

한데, 오늘은 마침 황태자의 결혼 발표가 있는 날이다. 이럴 때 정적을 제거하기에 딱 좋지 않은가.

'피오나는 인질이겠군.'

캘리 공녀는 황급히 홀을 빠져나갔다.

알버트 황자가 단상에 올라가자마자 아무도 모르게 피오나를 파티장에서 끌어갔다는 것은 황궁 기사단이 움직였다는 증거다.

그때, 캘리 공녀의 발길이 멈추었다.

김춘추가 황궁 기사단에게 끌려가는 것을 목격했기 때문이다.

그녀는 황급히 몸을 숨기기 위해서 별궁과 이어져 있는 정원 쪽으로 움직였다.

물론 손에는 칵테일 잔 몇 개가 놓여 있는 쟁반을 든 채로 말이다.

병사들 눈에는 파티가 벌어지고 있는 별궁에서 서빙을 하는 하녀로밖에 보이지 않았다.

 그것이 정말 천만다행이었다.

 김춘추는 황궁 기사단에게 별 반응을 보이지 않았다. 적어도 캘리 공녀의 눈에는 그리 보였다.

 이미 그들이 온다는 것을 알고 있지 않았던가.

 '무슨 생각이 있겠지.'

 캘리 공녀는 김춘추를 믿었다.

 물론 김춘추는 끌려가면서 캘리 공녀가 입구로 나오는 것을 보았다.

 그녀의 곁에는 피오나가 없었다.

 캘리 공녀가 두리번거리는 모습이 이해가 되었다. 필시 피오나를 찾고 있으리라.

 그렇다는 것은 피오나 역시 이미 당했다는 의미다.

 설마 파티가 끝나기 전에 끌어갈까 하고 생각했는데.

 황태자의 행동은 재빨랐다.

 아마 시즈웰 공작도, 백작 역시 눈치채지 못했으리라.

 마음 같아서는 피오나를 찾지 말고 바로 도망치라고 텔레파시라도 보내고 싶었다.

 하지만 황태자는 용의주도했다.

 김춘추를 은밀하게 체포시키면서 그의 손에 마법 발동을 방지하는 아티팩트를 채웠다.

황궁까지 들어올 자라면 능력이 있을 것이라고 추정했나 보다.

'똑똑한 자다.'

김춘추는 캘리 공녀가 정원 쪽으로 들어가는 것을 걱정스런 눈빛으로 바라보았다.

하지만 그녀를 계속 볼 수는 없다.

그 자신도 기사들과 병사들에 호위되어 끌려가는 상황이었으니.

◈ ◈ ◈

"들어가!"

기사 하나가 김춘추의 등을 떠밀었다.

김춘추는 별 저항 없이 그들이 밀어 넣은 방에 들어갔다.

방 안은 그저 황량하기 그지없었다. 고문실이라고 하기에는 너무도 이상했다.

방을 지키던 또 다른 기사 한 명이 재빨리 김춘추를 방 한가운데 있는 의자에 앉힌다.

그는 익숙한 손길로 김춘추와 의자를 황금 밧줄로 묶었다.

하긴 첩자 하나 묶는 데 황금 밧줄을 쓴다는 것은 좀 웃긴 일이다.

하지만 마력이 담긴 밧줄이라면?

모든 게 이상한 곳이다.

"모두 나가도록."

기사와 병사들 중 우두머리로 보이는 자가 사악한 미소를 지으면서 말했다.

'……?'

김춘추는 살짝 의아했다.

이 넓은 방에 자신만 데리고 와서 달랑 의자에만 묶는다?

철컥.

김춘추가 의문을 갖든 말든 기사와 병사들은 모두 방 밖으로 나가 버렸다.

'뭐지?'

김춘추는 여전히 의아한 표정을 지은 채 방 안을 훑어보았다.

그러나 아무것도 소득이 없다.

그럴 만도 했다. 방 안에는 달랑 자기밖에 없으니.

의자 하나, 황금 밧줄…….

황금 밧줄?

김춘추는 자신의 몸을 묶고 있는 황금 밧줄을 내려다보았다.

첩자 하나 묶기에는 너무도 나약하다. 그런데 왜?

번쩍.

순간 밧줄이 빛났다.

눈부시다.

김춘추는 자신도 모르게 눈을 찡그리며 신음 소리를 내뱉었다.

"으윽."

예사 밧줄이 아니었다. 세상 그 어떤 고문 도구보다 가장 강력했다.

전신의 힘이 밧줄에게로 빨려 들어간다. 마치 밧줄이 살아 있는 것처럼 느껴졌다.

힘만 빨리는 게 아니다.

김춘추의 정신, 뇌 안으로 들어오려고 밧줄의 무언가가 난리를 쳤다.

"안 돼!"

김춘추는 자신도 모르게 외마디 비명을 질렀다.

절대 안 된다.

소리는 곧 힘을 갖는다.

그의 의지로 인해 밧줄의 무언가는 침입하지 못하고 김춘추의 정신 주변을 맴돈다.

그것이 느껴진다. 미친 것 같지만.

여기서 조금만 까닥하면 그의 정신은 밧줄의 무언가에게 지배당하게 될 것이다.

딱히 설명할 수 없지만, 그냥 알 것 같았다.

'도대체 이게 무슨 도구지?'

김춘추는 이 상황을 분석하려고 애를 썼다. 그 와중에 자신의 정신을 더욱 강하게 두어야 했다.

온몸의 힘이 서서히 빨려 들어가고 있다.

분명 황태자가 보낸 기사들과 병사들이 그를 체포했다. 죄명은 첩자 행위.

사실 딱히 첩자 행위라고 할 만한 것은 없다.

하지만 지그에논 제국의 사람이 파이온 제국의 황궁에 신분을 감춘 채 잠입했으니 첩자라고 해도 할 말은 없다.

일단 그 사실로 피오나가 잡혔다는 것은 알 수가 있다. 필시 알버트 황자가 밀고했으리라.

알버트 황자와 황태자 사이에는 직접 보지 않아도 알 수 있는 뭔가 있었다.

아니, 알버트 황자에게 무언가를 심어 놓았을 수 있다.

드래곤 식당에서 퍼거슨 씨가 그러지 않았던가. 김춘추의 마력으로도 눈치챌 수 없던 탐지 도구가 피오나에게 있었다고. 그걸로 그녀의 모든 행동, 소리 등을 전부 들을 수 있다고.

물론 드래곤 식당에서의 일은 황태자가 알지 못한다. 드래곤들이 처리했으니까.

'알버트 황자도 피오나와 같을 것이란 짐작을 했어야 하는데.'

김춘추는 입술을 깨물었다.

힘이 점점 빠진다.

몸이 아프다.

요 근래 몸이 아프다고 느낀 적이 없다.

'오랜만이군. 이렇게 아파 보는 게.'

김춘추의 입가에 쓴웃음이 지어졌다.

지금 자신의 고통 따위는 문제가 안 된다. 피오나도 이미 위험해졌으리라.

캘리 공녀가 계속 헤매지 말고 도망쳐야 하는데.

적어도 퍼거슨 씨와 아그레스가 있는 궁성 문 밖으로 도망치기만 하면 되는데.

알버트 황자에게 피오나가 어떤 얘기들을 했더라?

김춘추는 그녀의 곁에 있을 때 피오나와 황자 간에 나눈 대화를 떠올리려고 애를 썼다.

그나마 다행이라면 황자가 하녀인 캘리 공녀에게는 신경을 쓰지 않았다는 사실이었다.

"으으으……."

김춘추는 또다시 신음 소리를 냈다.

고통이 점점 심해져 갔다.

황금 밧줄이 계속해서 빛났다. 그와 동시에 그를 죄는 힘은 더욱 강해졌다.

단순히 물리적으로 죄는 것이 아니다. 그런데 온몸에 고통이 전해져 온다.

 죄수를 고문해서 실토하게 만들기에는 정말 딱인 물건이었다.

 '황태자가 오려면 시간이 좀 걸리겠지?'

 고통의 와중에도 김춘추는 계속해서 생각하기 위해서 애를 썼다.

 그렇지 않으면 금방이라도 정신을 잃을 것만 같았다.

 리디아.

 그의 머릿속에서는 어느새 리디아에 가서 생각이 멈추었다.

 그녀는 어떻게 됐을까?

 생기가 없다는 것은 죽었다는 의미도 된다.

 환하게 웃고, 움직이지만 김춘추가 가지고 있는 제3의 눈으로 본다면, 죽어 있는 사람이다.

 순간, 김춘추의 가슴 깊은 곳에서 알 수 없는 분노가 터져 나왔다.

 "안 돼!"

 김춘추는 다시 한 번 소리를 질렀다.

 지금 감정이라는 것에 휘둘리면 안 된다.

 그랬기에, 여태껏 리디아에 대해서 생각하지 않으려고 노력했다.

 그의 감정을 가장 격하게 만들 존재니까.

그녀가 죽었든, 잠식당했든 간에 지금은 그녀를 생각해서는 안 된다.

"안 돼! 안 돼!"

김춘추는 계속해서 방 안에서 소리를 질렀다.

문 밖에서는 병사 둘이 서 있었다.

"미쳤군."

"그러게."

두 병사에게는 이미 익숙한 소리인지 그들은 서로 고개를 끄덕였다.

이 고문실은 파이온 제국에서 가장 극악하고 악명높은 곳이었다.

"생각보다 길었네."

"제길, 여리게 생긴 놈이 독했어."

병사 하나가 씨익 웃으면서 손바닥을 내밀고, 그 옆의 병사는 짜증 섞인 손길로 품 안에서 은화를 꺼낸다.

이들만의 재미다.

얼마나 고문실에서 버티는지 내기를 한 것이다.

◈ ◈ ◈

"황태자 전하를 뵙습니다!"

"황태자 전하 만세!"

고문실을 지키던 두 병사가 무릎을 꿇었다. 지그문트 황태자가 그들의 앞에 서 있었다.

"물러들 가라."

"하……."

한 병사가 뭐라 말하려고 했지만, 그 옆의 병사가 툭 친다.

두 병사는 재빠르게 서로 눈짓을 교환하고는 조용히 고개를 숙인 채 황태자 앞을 물러 나갔다.

"사랑스러운 리디아, 이제 들어가 볼까?"

황태자는 비릿한 미소를 띠면서 자신의 옆에 서 있는 리디아에게 말했다.

끄덕끄덕.

리디아는 환한 미소를 지었다.

고문실 밖은 자물쇠로 단단하게 채워져 있었다.

병사들이 황태자의 기에 눌려 문을 열지 않고 그냥 가 버린 것이다.

아니, 황태자 자체가 문이 잠긴 것에 관심이 없어 보였다.

그리고…

철컥.

황태자가 손을 내밀자 고문실의 문이 열렸다.

정말이지 신기한 일이었다.

자물쇠는 미스릴로 만들어져 세상 그 어떤 금속보다 단단하다. 미스릴로 만든 칼로 내리쳐도 부서지지 않을 정도의 강도였다.

게다가 마법에 대비해서 만들어진 자물쇠였다.

그런 자물쇠가 허무하게 풀렸다.

"들어가지."

황태자가 리디아에게 말했다.

저벅저벅.

리디아는 망설임 없이 고문실 안으로 들어섰다.

고문실 한가운데는 김춘추가 의자에 묶인 채 정신을 잃고 있었다.

"김… 춘… 추."

리디아의 입에서 그의 이름이 흘러나왔다.

하지만 그녀의 표정은 전혀 변함이 없었다. 환하게 미소 짓고 있는 예의 바른 인형에 불과했다.

"으음?"

황태자가 되레 뜻밖이라는 듯이 리디아를 본다.

리디아의 모든 것은 황태자에 의해서 빨려 들어갔다. 그녀의 생기 한 방울 남김없이 전부 먹어치운 것이다.

어디 그것뿐인가. 그녀의 기억까지 전부 말이다.

지구라고 불리던 다른 차원에서의 추억, 지그에논 제국이 어떻게 4년간의 가뭄을 딛고 일어서고 있는지 등등.

그 중심에는 김춘추라는 사내가 있었다.

그것들을 전부 빨아들였다. 지금의 그녀는 황태자의 인

형일 뿐이었다.

그런데 김춘추를 보자마자 그의 이름을 부른다?

황태자는 인상을 찌푸렸다. 그녀의 정신 속 어딘가 아직 남아 있는 기억이 있었나?

분명 자신이 놓치고 있는 게 있을 것이다.

하지만 급할 것은 없다.

지금은 저 정신을 잃은 김춘추라는 작자를 상대하는 것이 우선이다.

이미 인형이 되어 버린 리디아는 오늘 밤에 천천히 상대해도 된다.

그녀 안에 있는, 숨어 있는 모든 기억들까지 쪽쪽 빨아먹으리라 다짐을 했다.

"잠시 기다리지."

황태자는 오만한 표정을 지으며 리디아에게 말했다.

"네."

고개를 끄덕인 리디아는 다소곳이 그 자리에 서 있다.

천천히 김춘추에게 다가간 황태자가 황금 밧줄을 어루만진다.

그러자 투명한 빛이 찬란하게 밧줄에서 터져 나왔다. 동시에 김춘추를 묶고 있던 밧줄이 스르르륵 풀렸다.

밧줄을 집어 든 황태자가 눈을 감자, 황태자의 손이 밧줄과 공명했다.

순간 황태자의 머리가 갸웃거려졌다.

텅 비어 있다.

이자의 힘도, 기억도, 정신도… 아무것도 없다.

'뭐지?'

번쩍.

황태자가 눈을 떴다.

그와 동시에 그의 눈앞에 김춘추가 빙그레 웃으며 서 있는 모습이 보였다.

"어……."

황태자는 당황했다. 황금 밧줄이 그를 감싸고 있었기 때문이다.

"말도 안 돼!"

황태자가 외쳤다.

그제야 상황이 파악됐다. 역으로 당한 것이다.

"말도 안 되긴. 힘으로 제압한 밧줄은 힘으로 빼앗을 수가 있지."

김춘추가 경멸에 찬 표정으로 내뱉었다.

풀썩.

황태자가 바닥에 쓰러졌다.

황금 밧줄이 그의 온몸을 점점 옭죄어 온다. 마치 그가 여태껏 이곳에 밀어 넣은 사람들처럼.

"네놈이 이 밧줄을 이용해서 사람들의 모든 것을 빨아들인다는 것은 알았고. 돌려줄 방법을 가르쳐 준다면 살려는 주지."

김춘추가 비릿한 목소리로 말했다. 그러자 황태자가 웃는다.

"으ㅎㅎㅎㅎ."

실성인지, 비웃음인지.

그의 모습에 김춘추의 낯이 어두워졌다.

"방법을 모르는군."

"흐흐흐흐, 그렇다."

황태자는 혼미해진 정신으로 간신히 대답을 했다. 황금 밧줄이 그의 모든 것을 빨아 가고 있었다.

아니, 그의 모든 것이라는 게 과연 존재할까?

나약했던 정신과 몸.

그리고 피를 먹어야 살 수 있는 천형을 지닌 몸으로 태어난 그였다.

모계 혈통 어딘가에 뱀파이어의 피가 섞인 듯하다. 하필이면 그 혼자 그 피를 이어받았다.

그의 어머니, 제3황비는 그 사실을 숨겼다. 황좌에 대한 욕심 때문이었다.

햇빛을 받지 못하고, 다른 사람들 틈에 끼지 못한 채 조용히 지내며 피를 빨아야 했던 지그문트 황태자가 뒤틀리는 것은 시간문제였다.

그런 그에게 그것이 왔다.

황실 보고 안에 있던 것인데, 어느 날 문득 그것이 황태자의 눈에 띄었다.

그리고 그것으로 인해 그는 강해졌다.

뱀파이어 혈통에 그것의 힘이 더욱 시너지 효과를 낸 것이다.

이제는 피를 빨아먹는 게 아니라 다른 이들의 기억과 힘, 정신까지 빨아들일 수 있게 되었다.

그것이 주는 효과는 대단했다.

하지만 욕심이 지나쳤나 보다. 이렇게 짧은 순간에 모든 것이 으스러질 줄이야.

"으하하하하."

황태자는 더욱 크게 웃었다.

리디아는 여전히 방실방실, 미소를 띤 채 그 자리에 서 있었다.

"방법을 말해!"

김춘추는 실성한 듯이 웃는 황태자의 멱살을 잡았다.

"나도 몰라. 모른다고. 크하하하하!"

고문실 안은 황태자의 미친 웃음소리로 가득 찼다.

김춘추는 황망한 눈빛으로 리디아를 바라보았다. 목각 인형이나 다름없는 그녀.

스르르륵.

황태자를 묶었던 밧줄이 다시 풀어졌다. 이미 모든 것이 빨린 뒤였다.

김춘추는 밧줄로 손을 뻗었다.

그때였다.

황금 밧줄에서 여태껏 볼 수 없었던 환한 빛이 터져 나왔다.

고문실 전체를 감싸는 빛이었다.

화악!

…….

다음 순간, 빛이 사라졌다.

그리고 김춘추의 손안에는 다섯 번째 반지가 놓여 있었다.

'황금 밧줄이 반지였어.'

이미 짐작했던 터라 김춘추는 놀라지 않았다.

황태자가 파이온 제국 황궁의 보고에서 발견한 것은 이 반지였다.

그리고 잘못된 사람에게 잘못 전해진 반지는 이상한 방향으로 쓰였다.

왜 차원의 문지기에게 7개의 반지를 찾으라고 한 건지, 그 연유를 조금은 알 것 같다.

모든 것이 제자리에 오롯이 있을 때 두 차원이 안전한 것이다.

김춘추는 멍한 표정으로 리디아를 바라보았다.

방실방실.

"김춘추."

리디아의 입에서 그의 이름이 흘러나왔다. 하지만 그녀의 모습은 여전히 목각 인형이나 다름없었다.

제5장

청와대 만찬회 (1)

지그문트 황태자가 다시 쓰러졌다.

원래 병약했던 황태자인지라 모두들 그 사실을 별다른 의문 없이 받아들였다.

황태자에 밀려 황궁 별장에 있던 황제는 다시 파이온 제국 수도로 돌아왔다.

다행히 피오나는 구출되었다. 황제의 복귀를 위해서 애를 쓰던 시즈웰 가를 치기 위한 인질로 잡혀 있던 그녀는 무사히 가문으로 돌아갔다.

그리고 시즈웰 백작은 김춘추의 도움을 받아 황태자가 그간 벌였던 만행을 폭로했다.

또한 황제가 갑자기 쓰러진 것도 황태자의 음모였음을

알게 되었다.

어차피 황태자는 황금 밧줄에 의해서 정신과 몸이 피폐된 상황이었다.

황제의 복귀로 인해 모든 문제는 일사천리로 이루어졌다.

지그에논 제국과의 결혼은 없던 일로 처리되었다. 그리고 첩자를 보내었던 일까지 사죄를 받았다. 엄청난 금은보화와 함께 말이다.

리디아 황녀는 아그레스가 자신의 둥지로 데려갔다. 이미 생기를 빨린 상태인지라 아무리 드래곤이라도 손을 쓸 방법은 없었다.

게다가 반지에 의한 힘이었기에 드래곤도 개입할 여지가 적었다.

"과연 그녀가 이겨 낼까요?"

아그레스의 둥지, 한쪽 구석에 잠들어 있는 리디아를 보면서 김춘추가 물었다.

"글쎄 말이종. 그 누구도 모르종."

아그레스가 대답했다.

"이겨 내리라 봅니다."

여전히 뚫어져라 리디아를 응시하면서 김춘추는 스스로에게 다짐하듯이 중얼거렸다.

"그 누가 그랬는뎅? 믿음이 너희를 살리리라공."

아그레스가 고개를 갸웃거리면서 말했다.

"어디선가 들어 본 말인데요?"

김춘추가 빙그레 웃었다. 아그레스에게 고마웠기 때문이다.

리디아를 이렇게 자신의 둥지로 데려온 것만 해도 드래곤으로서는 할 만큼 한 것이었다.

그러니 이 정도로 만족하자.

분명 리디아는 이겨 낼 것이다.

"반지를 찾았으니 가야죵?"

아그레스의 물음에 김춘추가 고개를 끄덕였다.

"곧 돌아오겠습니다."

"난 어째 한 게 없냐?"

그의 뒤에서 김한기가 투덜거렸다.

기껏 마법이라는 것을 익히고 열심히 포션을 들이마시는 등 마나를 채웠는데, 정말이지 아무것도 이곳에서 한 게 없다.

"마법 배웠잖아."

아그레스가 퉁명스럽게 받아쳤다.

"마나가 부족해. 부족하단 말야."

김한기가 불만 섞인 표정으로 내뱉었다.

마나가 풍부하다고 할 수 있는 판테온에서조차 그의 마나에 대한 갈증은 끊임없이 이어지고 있는데, 마나가 희박하다는 지구에 가면 오죽할까?

김춘추가 그런 김한기의 속내를 눈치채고는 말했다.

"그럼 넌 여기 있어."

"그래도 돼?"

"단검은 내놓고."

김한기는 얼른 품에서 단검을 꺼냈다. 그러고는 김춘추에게 건네주려다 말고 주춤했다.

"네가 안 돌아오면 나는 어쩌냐?"

"그러면 여기서 계속 있게 되겠지."

"아… 이런."

순간, 김한기는 고민에 빠졌다.

"여기 있나 지구에 있나. 천계에서 추방자라는 신분은 똑같은데 뭘 망설여?"

아그레스가 기가 차다는 표정으로 말하자, 김한기가 멋쩍은 표정을 지었다.

"그, 그렇긴 하지."

어차피 천계로 되돌아가지 않는 이상 지구든 판테온이든 상관없다.

물론 김춘추에 대한 흥미는 여전히 가지고 있었지만, 지구에 대한 흥미보다는 판테온에 대한 흥미, 엄연히 말해서는 마법에 대한 흥미가 더 높았다.

김한기는 미련 없이 단검을 김춘추에게 건넸다.

단검을 받아 품 안에 넣은 김춘추는 일행에게 고개를 끄덕였다.

그러고는 손가락을 들어 자신의 손에 드러난 반지들을 향해서 의념으로 명령을 내렸다.

'지구로.'

단지 의념 하나만으로 반지들은 그 명령을 수행한다.

화아악.

거대한 빛 덩어리가 어디선가 나타나더니 김춘추를 감싼다. 그 주위로 태풍이 몰아치는 것 같은 바람이 분다.

아그레스는 재빨리 리디아를 보호했다.

화악!

다음 순간, 빛 덩어리가 사라졌다.

김춘추를 삼킨 채로.

"한기 삼촌 어딨냐고!"

이예화가 소리쳤다.

"잘 계신다니까."

팔짱을 낀 채로 김춘추가 무표정한 얼굴로 대답했다.

"잘 계신다면서 왜 뚱한 표정이야?"

"뚱한 표정은……."

"거울 갖다 줄까? 지금 네 표정 볼래?"

"사정이 있어."

"무……."

더 따지려던 이예화가 흠칫 멈추었다. 김춘추의 표정이 너무도 진지했기 때문이다.

필시 무슨 일이 있는 것이다.

"리디아는?"

순간, 평정을 유지하던 김춘추의 이맛살이 찌푸려졌다. 하지만 이내 평소의 그로 돌아왔다.

"잘 있어."

"도대체 무슨 일이야?"

"나중에 알려 줄게."

고개를 저으면서 이예화에게 다가간 김춘추가 그녀의 머리 위에 잠시 손을 갖다 대었다.

"그냥 기다려 줄래?"

"아."

김춘추의 다정한 말투에 이예화는 자신도 모르게 고개를 끄덕였다.

그녀도 물론 알고 있다. 김춘추의 주변에서 무슨 일인가 벌어지고 있다는 것을.

또한 리디아가 다른 세계에서 왔다는 것쯤은 그녀도 알고, 김춘추의 할머니도 아는 사실 아닌가.

"나만 두고 다들 쑥덕거리는 게 싫어."

이예화가 볼멘소리로 중얼거렸다.

"그래, 미안해."

"너한테 사과받으려고 한 말은 아닌데."

김춘추의 사과에 금세 기분이 좋아졌는지 이예화는 평소의 말투로 돌아왔다.

"그럼 갈까?"

김춘추가 빙그레 웃으면서 말하자 이예화가 고개를 끄덕였다.

"응."

"다행이군. 영광입니다."

김춘추가 안심의 한숨을 내쉬었다.

한국에 오자마자 그는 청와대의 만찬회에 초대를 받았다.

한데, 이번 만찬회에는 커플로 입장해야 한다. 꼭 커플로 참석하라는 문구가 있었다.

'무슨 생각이지?'

김춘추는 씁쓸한 미소를 지었다. 만약 리디아가 있었다면 당연히 그녀를 데려갔을 것이다.

'별일 아니겠지.'

이내 고개를 저은 김춘추가 분홍 드레스를 입고 환한 미소를 짓고 있는 이예화에게 손을 내밀었다.

그렇게 두 사람은 청와대로 향했다.

❖ ❖ ❖

 청와대 만찬회가 열리는 영빈관.
 대한민국에서 내로라하는 정, 재계 인사들은 전부 이 만찬회장에 모아 놓은 것만 같았다.
 전세환 대통령 내외가 입구에 서서 모든 참석자들이 입장하는 대로 일일이 반갑게 맞아 주면서 악수를 했는데, 이는 매우 이례적인 일이었다.
 어쨌든 간에 그 바람에 영빈관 입구와 그 일대는 긴 줄이 생겼다.
 대통령 내외가 한 사람, 한 사람 짧게 혹은 1분 이상 대화를 지속하는 경우도 있었기 때문이다.
 김춘추와 이예화는 경호원들이 안내하는 대로 긴 줄에 합류했다.
 "이거 또 보네."
 김춘추의 앞에 서 있던 이사현이 비꼬듯이 한마디를 던졌다.
 목소리는 낮았지만, 그의 눈빛만은 불타오르는 듯했다. 필시 그의 어머니 때문이리라.
 잘잘못을 떠나, 이사현에게 김춘추는 눈엣가시였다.
 그의 입지가 어머니의 일로 좁아진 정도가 아니라 거의 재기 불가능할 정도로 떨어졌다.

그것을 증명하듯이, 청와대 만찬회에는 초대받았으나 할아버지 이희철과 삼촌 이수희와는 동행하지 못했다. 그들은 이미 도착해서 영빈관 안에 자리해 있었다.

부르르.

주먹을 쥔 이사현의 손이 떨리고 있었다.

김춘추의 얼굴만 봐도 싫다.

"……"

김춘추는 고개를 끄덕이며 이사현에게 인사를 했다. 하지만 특별히 말은 건네지 않았다. 누구보다 그의 감정이 어떨지 잘 알고 있었기 때문이다.

자신에게 분노를 감추려고 애는 쓰고 있었으나, 그 분노가 고스란히 느껴졌다.

그의 입장에서 완전히 이해한다기보다는 그저 오래 산 자로서 이사현이란 인간을 이해하고 있었기에 굳이 대화를 나누려고 시도하지 않았다.

말이란 그렇다. 한 번 시작하면 걷잡을 수 없어지는 경우가 많다.

때로는 침묵이 상황을 종료시키는 데 더 적합할 때도 있었다.

"……"

이사현은 뭐라 더 비꼬고 싶었지만, 김춘추가 아무런 대꾸가 없자 입을 다물었다.

이런 자리에서 입을 놀리는 것은 현명치 못하다.

그의 얼굴을 보았을 때 자신도 모르게 분노가 치밀었지만, 그것을 드러내는 것은 이 세계에 어울리지 않았다.

벌써 주변 사람들이 힐끔힐끔 자신과 김춘추를 쳐다보지 않는가.

어머니의 일은 물론 함구되어 있다. 그렇다고 해서 이 사람들 중 일부는 모를 리가 없었다. 정보로 먹고사는 작자들이기 때문이다.

천하의 오성그룹.

그 안에서 일어나고 있는 일들에는 촉각을 세우는 자들이 바닷가의 모래처럼 많다.

획.

"두고 보지."

이사현은 중얼거리듯이 한마디 하고는 고개를 돌렸다.

짜악.

김춘추가 이예화의 손을 잡아 주었다. 그러자 이예화가 고개를 끄덕이며 말했다.

"난 괜찮아."

"응."

김춘추가 미소를 지었다. 확실히 이예화는 강하다.

이예화 역시 타고난 자질이 남들보다 뛰어나 타인의 감정을 읽는 능력이 있다. 그 덕에 이사현의 분노가 고스란히 느껴졌을 텐데, 아무런 내색도 하지 않고 그 자리에 조용히 서 있었다.

평소 다혈질인 성격상, 한마디 쏘아붙일 법도 한데 그녀는 자신의 성질도 누르고 얌전히 있었다. 낄 데 안 낄 데를 잘 가려 준 것이다.

"왔군."

그때, 김춘추의 뒤에서 밝은 목소리가 들렸다. 대진그룹의 김호중이었다.

"회장님, 오셨습니까."

김춘추와 이예화가 뒤를 돌아보고는 고개를 끄덕였다.

앞줄의 몇 사람들도 고개를 돌려 김호중에게 인사를 건넸다.

"근데 이게 다 뭔가? 허허허."

김호중이 사람 좋은 웃음소리를 냈다.

대한민국에서 0.1퍼센트라는 사람들이 때 아닌 긴 줄을 서고 있는 모습을 보았기 때문이다.

물론 김호중 역시 예외는 아니다. 최고 권력자의 앞에서는 그들도 고개를 숙여야 했다.

다분히 의도적인 느낌이 강했지만 어쩔 수가 없다.

"사우디에서 돌아오신 겁니까?"

김춘추가 화제를 돌려 질문을 했다.

"아, 참. 내 파트너를 소개하지."

말과 함께 김호중이 묘한 미소를 지었다.

김춘추가 그런 그를 바라보았다.

순간, 저 멀리서 크리스티나의 모습이 보였다.

"설마?"

"한 방 먹었지? 허허허, 기분 좋군. 천하의 자네에게 내가 먼저 선수를 치다니."

김호중이 어깨를 으쓱거리면서 말했다.

빨간 드레스에 강렬한 인상을 가진 크리스티나가 점점 다가왔다. 그와 동시에 행렬이 동요했다.

한국인이 아닌 외국인의 등장. 그것도 살아 있는 인형처럼 굉장히 고혹적이고 이국적인 여자가 등장하니 그럴 수밖에 없었다.

"크리스티나?"

이예화의 표정이 싸늘해졌다.

그녀도 크리스티나를 소개받은 적은 있다. 김춘추의 친구라고 들었다.

과거엔 그랬을지 몰라도 여자의 직감은 틀리지 않다.

김춘추의 표정과 크리스티나의 표정.

두 사람이 서로를 쳐다보고 있는 표정은 심상치 않다.

아니, 김춘추의 감정은 정확히 모르겠다. 하지만 저 여자는 분명 김춘추에게 빠져 있다.

그녀의 눈이 그것을 말해 준다. 오로지 김춘추만을 쳐다보고 있는 것이다.

여기 수많은 사람들이 있는데, 오로지 단 한 사람에게만 눈을 맞춘 채 걸어오고 있었다.

이예화는 발밑이 푹 꺼지는 것 같았다.

라이벌이 너무도 많다.

김춘추를 힐끔 쳐다보았다. 처음보다는 그래도 평정심을 찾고 있었다.

'다행이야.'

이예화는 자신도 모르게 안도의 한숨을 쉬었다.

그사이 크리스티나가 다가와 김호중의 팔짱을 끼면서 말을 걸어왔다.

"여기서 다시 보네?"

"여기까지 웬일이야?"

"만나자마자 쫓아내려고?"

"그건 아니고. 사우디에서 바쁠 줄 알았지."

"얼마 전까지는 그랬지. 누구 때문에 한가해졌어."

말을 하며 크리스티나가 묘한 미소를 지었다.

"그렇군. 나에겐 좋은 소식이겠군."

크리스티나의 말에 김춘추가 반가운 소식을 들은 사람처럼 미소를 지었다.

크리스티나가 한가해졌다는 건, 무함마드 왕자가 국왕인 삼촌을 도와 실력을 인정받고 있다는 뜻이다.

미국과 그들이 앞세운 다국적 기업에 휘둘린 사우디아라비아 국왕을 옆에서 저지해 주고 있다는 뜻도 되었다.
"나보다는 남자가 더 좋나 봐."
크리스티나가 고혹적인 입술을 살짝 내밀면서 투덜거렸다. 여기서 남자란 무함마드 왕자를 뜻하는 것이었다.
"친우가 잘되면 좋지."
김춘추가 당연하다는 듯이 말했다.
"나도 네 친구란 사실을 기억해 줘."
크리스티나가 김춘추에게 바짝 다가와 속삭였다.
그 행동만으로도 주변의 탄식을 자아냈다. 아름다운 한 폭의 그림 같은 광경이었기 때문이다.
더구나 지금의 크리스티나는 모든 남성들의 마음을 설레게 하기에 충분했다.
물론 그들의 옆에는 아내나 정혼자, 혹은 연인 등이 서 있었기에 대놓고 감탄을 하지는 못했지만 말이다.
더구나 사회적인 체면상 외국 여자에게 침 흘리는 모습을 보여 줄 수는 없지 않은가.
하지만 그들의 눈만은 크리스티나의 고혹적이고 이국적인 외모에 푹 빠져 있다는 것을 여실히 보여 주고 있었다.
그리고 그런 크리스티나의 관심을 받고 있는 김춘추가 부러워지기 시작했다.
이사현이 두 주먹을 불끈 쥐는 모습도 보였다.

어디 그뿐이겠는가.

평소 그와 사이가 좋지 못한 미래그룹의 정이선은 얼굴마저 분노로 타오르고 있었다.

◈ ◈ ◈

만찬회장.

은은한 바이올린 선율이 울려 퍼지는 가운데, 참석자들은 샴페인 잔을 손에 든 채 모두 전세환의 말에 집중하고 있었다.

파티를 즐기라는 그의 말을 끝으로 길고 긴, 지루한 파티가 시작되었다.

이미 긴 행렬로 인해서 지쳐 있는 사람들도 있었다.

나이 든 사람들은 나이 든 사람들끼리, 젊은이들은 젊은이들끼리 삼삼오오 어울렸다.

물론 개중에는 자기 자식들을 권력자들에게 인사시키려고 돌아다니는 사람들도 눈에 띄었다.

김춘추는 이예화와 김호중, 크리스티나와 함께 있었다.

"자네, 조심해야 될 거야."

김호중이 김춘추에게 낮게 속삭였다. 그의 시선은 전세환에게 가 있었다.

그것만 봐도 김춘추는 무슨 뜻인지 알았다. 다운스트림

코리아 때문이었다.

두바이 알 파사 만의 석유 탐사는 소득이 전혀 없었다. 막대한 정부 지원금을 끌어다 써도 마찬가지였다.

하긴 20년간 로열쉘에서 꼼꼼하게 탐사하던 자리였으니, 그들이 찾아내지 못한 것을 한국에서 찾아낼 가능성은 애초에 희박했다.

하지만 김춘추는 그곳에 석유가 엄청나게 매장되어 있다는 사실을 알고 있었다. 물론 조금만 더 파 내려가면 말이다.

하지만 그 '조금 만 더…'가 시간을 끌고 있었다. 전세환이 지원금을 핑계로 다운스트림 코리아의 지분 절반을 가져갔기 때문이다.

김춘추는 전세환이 대통령직을 물러난 이후의 생활을 위한 보험용이 될 마음이 전혀 없었다.

그런 까닭으로 그는 제 실력을 발휘하지 않고 길고 긴 시간 끌기를 하고 있었다. 정확하게는 일반적인 탐사를 하는 중이었다.

그러니 전문가들이 보기에도 전혀 눈치챌 수가 없었다. 애초에 가능성이 전무한 곳에 투자한 것이니까.

전세환은 오로지 김춘추를 믿고 모험을 시작한 것이었다. 그런 면에서 전세환의 감은 뛰어나다.

나이지리아에서처럼 제대로만 터져 주었다면 다운스트

림 코리아는 엄청나게 급성장했을 것이다.

그 지분을 갖고 있는 전세환에게도 엄청난 이득을 가져다주었을 테고.

하지만 김춘추가 전세환의 등에 날개를 달아 줄 마음이 없다는 것이 문제였다.

물론 김춘추의 속내를 전세환이 알 리가 없다.

그런 까닭에 아무리 절대 권력이라고 해도 나오지 않는 곳에 해외 투자를 하는 데는 한계가 있었다.

더구나 두바이 개발 탐사 현장에서는 계속해서 정부 지원금을 요구하고 있었다. 그야말로 돈 먹는 하마였다.

전세환도 그 문제로 골치를 썩고 있으면서 동시에 김춘추에 대해서 회의적인 생각이 일기 시작했다.

한때 떠오르던 샛별이었지만, 최근 사업들이 주춤거린다. 그가 다각적으로 벌였던 사업들이 본궤도에서 휘청거리고 있는 것이다.

전문가들이 본다면 지극히 당연한 일이었다.

한 분야만 집중해서 투자해서 성장시켜도 모자를 판국에 너무 여러 가지 사업을 동시다발적으로 벌였다. 이를 그룹을 갖고자 하는 김춘추의 야망으로 치부했다. 대부분 젊은 사업가들, 혹은 초기 고속 성장을 하는 사업가들이 벌이는 실수였다.

"어쩌겠습니까."

김춘추가 김호중에게 쓰디쓴 미소를 지었다.

"하긴, 석유가 나오지 않는 것이 자네 탓은 아니지."

김호중이 걱정스레 쳐다보면서 말하자 김춘추는 대답 대신 어깨를 으쓱거렸다.

"내 힘닿는 데까지 도와줌세."

그렇게 말하면서 김호중은 그의 어깨를 쳤다.

"감사합니다."

김춘추가 살짝 고개 숙이면서 인사를 했다.

두 사람의 대화를 듣고 있던 크리스티나가 묘한 미소를 지었고, 이예화는 여전히 크리스티나를 경계하는 눈초리였다.

"이크, 대통령이 이쪽으로 오시는군."

김호중이 말했다.

그의 말대로 전세환이 차기 대통령 후보로 지목되고 있는 여당 당 대표인 노전택을 대동하고 이들 일행이 서 있는 곳으로 다가왔다.

"하하하, 여기 있었군."

전세환이 일부러 큰 소리로 말하면서 다가왔다.

"각하, 이런 영광스러운 자리에 초대를 해 주셔서 다시 한 번 감사드립니다."

김춘추가 재빨리 고개를 숙이면서 인사를 했다. 김호중

역시 마찬가지였다.

크리스티나와 이예화 또한 예의 바르게 한 손으로는 가슴골이 파인 부분을 잡고 다른 한 손으로는 드레스 자락을 잡은 채 살짝 무릎을 숙여 인사를 했다.

그 모습이 한 폭의 그림처럼 아름다웠다.

"이런 미인들이 자네들 옆에 있으니 이곳이 더욱 빛나네."

전세환이 진심으로 부러운 눈초리를 하면서 크리스티나와 이예화를 바라보았다.

그의 눈에는 욕망이 일렁거리고 있었다.

"센트럴 위센 사우디아라비아의 대표, 크리스티나 차일드입니다."

크리스티나가 싱긋 웃으면서 전세환에게 손을 내밀었다.

순간, 전세환이 멍한 표정을 지었다. 대통령에게 여자가 먼저 악수를 청해?

그는 자신의 옆에 서 있는 노전택을 바라보았다. 그 역시 이 상황이 이해가 안 된다는 식으로 크리스티나를 바라보았다.

김춘추는 자신도 모르게 웃음이 터져 나올 뻔했다.

하지만 이 자리에서 웃을 수는 없는 법.

전세환이나 노전택이 실수하기 전에 얼른 그들을 막아야 한다.

"각하, 차일드 가문의 대표 중 한 분이십니다. 이 자리에서 소개를 드리게 되어 저도 무척 기쁩니다."

김춘추보다 김호중이 먼저 재빨리 전세환에게 귀띔을 했다.

"아."

"……."

전세환과 노전택은 자신들의 귀를 의심했다.

차일드 가문.

전세환이 아무리 미국과 사이가 좋지 않다고 해도 차일드 가문에 대해서 모를 리는 없다.

전 세계 최대의 금융 재벌. 막후 세계의 실력자라고 뽐히는 가문이 아닌가.

그 가문의 대표 중 하나라고? 이렇게 빼어나게 아름다운 아가씨가?

그렇다면 방금 그녀가 자신의 소개를 한 이력이 결코 허세가 아니란 뜻이었다.

"이런, 몰라봤군."

전세환이 크리스티나가 내민 손을 잡으면서 침착하게 말했다.

"김 회장님의 소개는 너무 과하고요. 호호호, 춘추의 친구로 소개받고 싶은데."

크리스티나가 요염하게 웃음소리를 냈다.

그녀의 말에 전세환은 김춘추를 바라보았다. 진심으로 그의 두 눈에 부러움이 담겨 있었다.

아마도 친구라는 말을 연인이란 단어로 바꾸어 생각하는 눈치였다.

"자네는 절세미인들 사이에 있군."

노전택도 옆에서 한마디 거들었다. 하지만 그의 눈길은 이예화에게 가 있었다.

이예화가 그동안 리디아의 말도 안 되는 미모에 눌려서 그렇지, 사실 어딜 가나 눈에 띌 정도로 빼어난 미모를 가지고 있었다.

그리고 남들과 다르게 어딘지 모를 묘한 매력을 풍겼고.

노전택은 고혹적이고 치명적인 검은 장미 같은 크리스티나보다, 이제 갓 피어나는 분홍색 꽃봉오리로 보이는 이예화에게 더 시선이 갔다.

"과찬이십니다."

김춘추는 쓴 미소를 지면서 대꾸했다.

"으흠… 자네, 나 좀 잠시 보세."

전세환이 김춘추에게 눈짓을 보냈고, 두 사람은 일행에게서 떨어져 나와 한적한 곳에 섰다. 물론 말이 한적한 곳이지, 영빈관 내의 있는 모든 사람들이 그 둘에게 시선을 집중하고 있었다.

그것을 김춘추도 모르지는 않는다.

"두바이, 어떻게 돼 가고 있는가?"

전세환이 노골적으로 물었다.

그도 지금 여러 곳에서 압박을 받고 있었다.

아무리 권력자라고 해도 계속해서 밑 빠진 독에 물을 부을 수는 없는 법이었다.

"죄송합니다."

김춘추는 민망한 표정을 지었다.

"가망이 없는가?"

"저는 아직도 희망을 버리지 않고 있습니다."

"허허, 그건 잘 알지."

전세환은 그런 김춘추를 가엾다는 식으로 바라보았다.

야망에 불타고 있는 젊은 사업가.

'애초에 내가 사람을 잘못 봤나?'

전세환은 몇 날 며칠 고민을 했다.

사우디아라비의 실세 중 하나인 무함마드 왕자와 친구라고 해서 크게 보았던 젊은 청년 사업가.

그의 행적이 단연 돋보였기에 조금만 키워 주면 과거 다른 그룹의 총수들이 그랬듯이 급성장을 할 줄 알았다.

그런데 잡고 보니 썩은 동아줄이 아닌가 싶다. 아니, 지금 봐서는 썩은 동아줄이 맞는 듯하다.

더 시간을 주고 싶지만, 마냥 정부 예산을 이렇게 퍼 주는 것에도 한계가 있다.

더구나 지금 대한민국 내 사정은 복잡하다. 민주화의 열풍이 나날이 높아지고, 사회 곳곳에서 데모가 벌어지고 있었다.

이렇게 민심이 복잡한 때에 자신의 맘대로 예산을 펑펑 쓰는 것은 눈치가 보였다.

국민들의 시선을 돌릴 만한 경기 부양책과 인기몰이용 정책 등을 내놓으려면 자금이 필요하기 때문이었다.

"조금만 더 시간을 주십시오."

김춘추가 간절한 목소리로 부탁해 왔다. 그러자 전세환이 본론을 꺼냈다.

"두바이와 계약이 남아 있지?"

"9년 남아 있습니다."

절망 어린 표정을 지은 채 김춘추가 대답했다.

애초 두바이와 계약할 때 알 파사 만에 일부러 10년 계약을 했다. 의무적으로.

그 기한 동안은 석유가 나오지 않아도 막대한 자금을 매년 쏟아부어야 한다.

그것이 계약 조건이었다. 그 파격적인 조건에 두바이의 셰이크 모하메드가 움직인 것이고.

하나, 이 부분이 바로 전세환에게는 큰 독으로 작용했다.

이대로 다운스트림 코리아에 손을 대고 있으면 코가 꿰이고 말 것이다.

그까짓 계약쯤은 문제가 안 될 줄 알았다. 김춘추가 손만 대면 금방 석유 탐사가 이루어질 줄 알았기 때문이다.

그 이유는 다운스트림의 본사가 나이지리아에서 성공적으로 석유 개발을 한 전례가 있었기에 그의 실력과 감각을 믿어서였다.

"허흠, 지금까지 쏟아부은 지원금은 개발비이니 회수할 생각은 없네."

"각하……."

"미안하네. 내 지분과 우리 가족 지분을 아무런 대가 없이 자네에게 주겠네."

전세환이 크게 선심을 쓰듯이 말했다.

애초에 정부 지원금을 빌미로 지분을 그냥 가져간 것은 전세환이다.

그런데 이제는 더 이상 정부 지원금을 주지 못하겠다는 선언과 함께 자신들의 지분도 빼겠다는 것이다.

한마디로 손 안 대고 코 풀기격이었다.

어쨌든 전세환은 전세환대로 그럴 수밖에 없다.

알 파사 만의 개발 탐사는 향후에도 이루어져야 한다.

정부 지원금이 없는 이상 다운스트림 코리아가 부도가 날 때까지 막대한 돈을 쏟아붓든, 김춘추가 무슨 수를 내든 그것은 그가 알 바 아니었다.

만약 김춘추가 잠적하고 도망친다고 해도 두바이와의 관

계에 악영향은 없을 거라고 전세환은 내심 생각하고 있었다. 어차피 두바이 측도 여태껏 큰 이익을 본 셈이기 때문이다.

모두가 알 파사 만은 이미 끝났다고 생각하던 곳이었다.

전세환은 이 모든 상황을 전문가를 불러 몇 번이고 자문을 구했다.

셰이크 모하메드에 대해서는 적당히 구슬려야겠지만, 두 나라 간에는 크게 악영향이 없다는 판단이 섰다. 김춘추라는 인간 한 명을 제물로 말이다.

그래도 여태껏 지원한 정부 지원금에 대한 책임을 물리지 않는 것이 어딘가.

전세환은 적어도 그렇게 생각했다.

"너무 서운하게 생각하지 말게. 향후 다운스트림 코리아에서 석유 탐사에 성공해도 그간 쏟아부은 정부 지원금을 회수할 생각은 없네. 그 프로젝트는 오늘부로 종지부를 찍은 걸세. 그러니 자네 마음껏, 눈치 보지 말고 열심히 탐사에만 전념하게."

크게 선심이라도 쓰는 것인 양 전세환은 거만한 투로 말했다.

사실 석유가 나오지 않는다면, 김춘추에게는 절망밖에 없는 셈이다.

'이렇게 나올 줄 알았지.'

김춘추는 속으로 생각했다. 하지만 아무런 말도 없이 전세환의 말을 듣고만 있었다.

두바이와 10년 의무적 개발 탐사 계약을 하지 않았다면 전세환은 쉽게 물러나지 않았을 것이다. 그의 예상이 적중했다.

전세환은 차후 다운스트림 코리아 지사가 부도 날 경우를 대비해서 자신과 가족들의 지분마저 모두 돌려주었다.

책임을 전혀 지지 않겠다는 의도였지만, 이 역시 김춘추의 계획에 들어가 있었다.

"혹시 아나. 저기 차일드 아가씨가 있지 않나."

전세환이 크리스티나가 서 있는 쪽을 가리키면서 말했다. 그러자 김춘추는 일부러 절망 어린 표정을 지은 채 힘없이 대꾸했다.

"차일드 가문의 사람인걸요."

"하긴, 그렇지."

그의 말에 전세환이 수긍한다는 표정을 지었다.

차일드 가문의 사람들은 공과 사의 경계가 분명하다. 자국의 대통령도 포기한 곳에 투자할 리가 없다.

"어쨌든 미안하게 됐네."

전세환은 그렇게 말하고는 황급히 그 자리를 떴다.

'아내에게 말해서 김춘추와 관련된 회사들의 주식을 모두 처분하라고 해 놓길 잘했지.'

김춘추를 힐끔 쳐다보면서 생각에 잠긴 전세환의 입꼬리에는 미소가 서려 있었다.

 그간의 정부 지원금을 날린 것은 아까웠으나 그렇다고 해서 그의 쌈짓돈을 날린 것은 아니다.

 그리고 그에겐 시간이 급한 일이 있었다. 대통령직을 물러난 이후에도 그의 생활을 유지해 줄 보험용이 필요했기 때문이다.

 그런 면에서 김춘추를 버리게 된 것은 몹시 아쉬웠다. 능력도 좋고 말 잘 듣는 제대로 된 카드인 줄 알았는데, 판단 미스였다.

 '사업가 하나를 키워 내는 것은 처음부터 실수였던 것 같군. 아예 기존 재벌 쪽에 손을 더 깊숙이 넣는 게 낫겠어.'

 전세환은 빙그레 미소를 띠면서 김호중에게 다가갔다.

 "자네와도 얘기 좀 나누고 싶네."

 "영광입니다, 각하."

 김호중이 김춘추 쪽을 한 번 바라보고는 전세환에게 다가갔다.

제6장

청와대 만찬회 (2)

"일이 재밌게 돌아가는 거야?"

어느새 김춘추에게 다가온 크리스티나가 의미심장한 미소를 지으면서 물어 왔다.

"뭘?"

김춘추는 알 듯 말 듯한 미소를 지었다.

"내 진짜 직업을 잊은 건 아니지? 적어도 내 친구들이라면 신상 명세를 탁탁 털리는 것쯤은 각오해야 해."

크리스티나가 샴페인을 입안에 단숨에 털어 넣으면서 말했다.

"다 알겠군."

"애초에 네가 왜 뛰어들었는지 이해가 안 되는데?"

크리스티나가 빙그레 웃으면서 재차 물었다.

그녀의 말은 질문형을 취하고 있었지만, 그녀의 눈은 이미 답을 알고 있는 듯이 보였다.

김춘추와는 단 한 번, 비밀결사 집단의 단원이 되기 위해서 그들이 부여하는 미션을 수행한 바가 있다. 그때 그녀는 김춘추에 대해서 높게 평가했다.

다운스트림 코리아와 두바이.

야망에 불타오르는 청년 실업가.

김춘추는 그 역할을 제법 제대로 수행하고 있었다.

"그다지 훌륭한 연기는 아니군."

"훌륭해."

"이예화는 어딨지?"

크리스티나와 대화를 하다 말고 김춘추가 주변을 두리번거렸다.

"그 아가씨가 너의 피앙세야?"

크리스티나가 다소 짓궂게 질문을 던졌다.

기회가 있음에도 김춘추는 그녀와의 하룻밤을 즐기지 않았다.

하여, 필시 마음에 둔 여인이 있으리라고 짐작한 바였다. 그리고 늘 같이 다니는 두 아가씨 중 하나일 것이라고 생각하고 있던 터다.

"내 나이에 무슨."

김춘추는 딱 잘라 말했다.

"확실히 오늘 파트너가 피앙세는 아닌가 보군."

크리스티나가 다소 안심했다는 어투로 말했다.

"오랜 친구야. 그러니 피앙세니 뭐니 하는 말은 집어넣어 둬."

김춘추가 정중하게 부탁했다.

"그렇게 말한다면 좋아."

스윽.

김춘추의 말에 기쁜 듯이 대꾸하면서 크리스티나는 살짝 발을 들어 올렸다. 그러고는 김춘추의 입술에 기습적으로 키스를 했다.

물론 보수적인 사람들이 득실거리는 영빈관에서의 키스란, 그저 두 입술이 닿아 있는 시간이 뽀뽀보다는 좀 더 긴 정도에 불과했다.

"나 하얏트 스위트에 묵고 있어. 너라면 언제든지 좋아."

크리스티나가 붉게 타오른 얼굴로 김춘추의 귓가에 속삭였다.

"기다리지 마. 너와 평생 친구 하고 싶으니까."

김춘추 역시 그녀가 무안하지 않도록 최대한 작은 소리로 거절했다.

"이런, 거절이군."

"평생 친구야. 그 정도면 잠시의 연인보다는 훨씬 나은 것 같은데?"

김춘추가 자상하게 말했다.

"그래, 그 제안이 훨씬 나을지도 모르겠어."

크리스티나는 애써 미소를 지으면서 대답했다.

하지만 가슴속으로는 슬픔이 몰려오는 것만 같았다.

천하의 차일드 가문의 아가씨가 이처럼 단호하게 차이다니.

친구라니……. 연인 대신 친구?

하지만 그녀는 타고난 차일드 가문의 사람이 맞았다.

지금 김춘추의 제안이 그녀에겐 가장 이성적이고 가치가 있었다.

지구를 통틀어, 가장 뛰어나고 미래를 내다보는 눈이 밝은 사람을 꼽으라면 크리스티나는 김춘추를 꼽을 것이다.

그녀가 본, 그녀의 가문 사람들을 포함하더라도 단연코 김춘추가 가장 뛰어나다.

그녀는 자신의 직감을 믿었다

적어도 그녀가 가문의 수장에게 인정받을 수 있도록 도와줄 수 있는 사람은 김춘추라고.

하지만 그와 다르게 마음속에는 큰 실망감이 몰려왔다.

계속해서 후회할지도 모른다.

그와의 하룻밤은 어땠을까? 그의 연인이 되었다면 어떻게 보냈을까?

그런 달콤함 기대감은 영영 사라지겠지.

"샴페인 한 잔 더 갖다 줄까?"

김춘추가 부드럽게 미소를 지으면서 크리스티나를 바라보았다. 그의 눈 속에는 그녀를 걱정하는 빛이 떠올라 있었다.

하지만 그 눈빛에는 이성적인 감정은 눈곱만큼도 없다.

크리스티나는 그것을 인정했다.

"고마워. 한잔해야겠어."

그녀가 고개를 끄덕이자, 김춘추는 일말의 망설임도 없이 그 자리를 떠나 샴페인을 나르는 웨이터에게로 향했다.

그 모습을 크리스티나는 황망한 눈초리로 바라보았다.

이제 그가 다시 샴페인 잔을 들고 나타나면, 그녀는 그를 친구로서만 바라보아야 한다.

자신의 감정을 단 한 점이라도 보여서는 안 되는 것이다.

크리스티나는 아랫입술을 깨물었다.

'평생 친구, 해 보지.'

누구보다 상황에 대한 적응력이 빠른 그녀였다.

그녀는 가슴속에서 몰아치는 폭풍을 간신히 잠재우려고 애를 썼다.

"미래그룹의 정이선입니다."

그때, 유창한 영어가 크리스티나의 귀에 들려왔다.

"크리스티나입니다. 한국말로 하셔도 되고요."

크리스티나는 재빨리 사업적인 미소를 지으면서 자신에게 말을 걸어오는 청년을 바라보았다.

"만찬회장을 눈부시게 빛내 주시는 여인에 대한 궁금증으로 이렇게 실례 아닌 실례를 했습니다. 그런데 한국말도 유창하시군요. 외국인이 이토록 한국말을 잘하는 것은 처음 봅니다."

정이선은 입에 침도 바르지 않고 아부를 떨었다.

"호호호, 좋게 봐주셔서 감사합니다. 존경하는 친구가 한국인인지라 한국에 대한 호기심이 생겨서 배우기 시작했습니다."

"그 친구가 누군지 궁금하군요."

정이선이 말했다.

물론 그는 크리스티나의 친구가 김춘추일 거라고 이미 짐작은 하고 있었다.

좀 전까지 있었던 일들을 낱낱이 보고 있었으니까.

게다가 전세환 대통령과 김춘추 일행이 서로 인사를 건넬 때, 크리스티나가 세계적인 다국적 기업의 사우디아라비아 대표라고 김호중이 소개를 하는 것을 이미 듣지 않았던가.

그 후, 김춘추와의 짧은 입맞춤이나 두 사람의 속삭이는 소리는 듣지 못했지만, 필시 밀어가 오고 갔으리라는 짐작은 하고 있던 터였다.

'김춘추의 여자겠지.'

정이선은 크리스티나에 대해서 그렇게 생각을 했다. 그것만으로도 그는 몹시 배가 아팠다.

젊고 매혹적인 여자가 세계적인 다국적 기업의 해외 부분 대표가 될 확률이 얼마나 있겠는가?

필시 그녀의 가문은 대단할 것이다.

그것만으로도 정이선을 자극하기에는 충분했다.

"호호호, 이미 보셔서 아시겠죠? 그렇지 않나요?"

크리스티나가 웃으면서 대꾸했다.

"이런, 아름다운 레이디에게 들켰군요. 저에게 기회 따위는 애초에 없을 것 같아 아쉽습니다."

정이선은 진심으로 아쉽다는 표정을 지었다.

"좀 전에도 말했지만, 그는 존경하는 친구예요."

크리스티나가 고개를 저으면서 말했다.

"그렇다는 것은 제게도 기회가 있다는 말씀이군요."

정이선의 눈이 빛났다.

"글쎄요. 전 댁이 누군지 몰라서."

크리스티나의 얼굴에서 사업용 미소가 순식간에 사라졌다.

"그럼 저는 이만, 제 파트너에게 가야겠군요."

그렇게 정이선에게 싸늘하게 한마디 남긴 채, 그녀는 그 자리를 황급히 떴다.

"……."

정이선은 멋쩍은 표정으로 그 자리에서 크리스티나의 뒷모습만 바라보았다.

그녀가 양손에 각각 샴페인 잔을 들고 서 있는 김춘추에게 다가가는 것이 보였다.

모르긴 몰라도, 그녀의 어깨가 들썩거리는 것으로 보아서 필시 그 아름다운 미소를 짓고 있는 듯했다.

꽈악.

정이선의 두 주먹이 불끈 쥐어졌다.

'제길, 저놈은 리디아도 그렇고 저년도 그렇고. 도대체 무슨 복이 터져서 저런 미녀들만 주위에 있는 거야.'

"이봐, 부러우면 지는 거야."

오성그룹의 이사현이었다.

그는 어느새 정이선의 뒤에 와 있었다.

"누가 부러워한다고……."

정이선의 말꼬리가 흐려졌다.

이미 이사현이 모든 광경을 다 보았을 테지.

필시 가까운 곳에서 두 사람의 대화까지 모두 엿들었으리라.

오성과 미래는 대한민국을 대표하는 양두 산맥이다. 그런 만큼 후계자들은 끊임없이 서로를 견제하면서 훈련을 받았다.

 같이 어울려도 서로에 대한 견제는 다른 재벌가들의 후계자보다 더욱 심했다.

"다 보이는데. 김춘추 그놈은 도대체 무슨 배경이 있는 거지?"

 이사현이 먼저 자신의 속내를 드러냈다. 이것만으로도 정이선의 반응을 이끌어 내기에는 충분했다.

"그러게 말이야. 저놈은 어디서 저런 미녀들만 골라서 데려오는 거지?"

 평소 여자라면 사족을 못 쓰는 정이선답게, 그는 여전히 크리스티나의 뒷모습을 눈으로 좇으면서 중얼거렸다.

'한심하군.'

 이사현은 그런 정이선을 한심하게 여겼다. 하지만 지금은 그것을 티 내서는 안 된다.

 김춘추에게 멋지게 복수하려면 그 자신에게 힘이 있어야 한다.

 그런데 그의 입지가 그룹 내에서나, 가문에서 완전히 사라질 위기에 처해 있었다. 그와 손잡고 김춘추를 견제하고 복수해 줄 사람이 없다는 의미였다.

 그러니 적의 적은 같은 편이라고, 미래그룹의 정이선을 끌어들여야 했다.

 한바탕 김춘추와 백화점에서 난리가 났었다는 보고는 이

미 받은 적이 있었다.

게다가 리디아라는 여자에 대한 정이선의 집착이 매우 크다고 들었다.

또한 오늘 정이선의 눈을 휙 돌게 할 만한 여자까지 김춘추의 여자로 드러나지 않았던가.

정이선의 난봉꾼 기질이라면 틀림없이 자신과 손을 잡을 게 분명했다.

"무슨 말을 하고 싶은 거지?"

정이선이 이사현의 눈을 똑바로 보면서 물었다.

"글쎄, 너와 같은 생각이랄까?"

이사현이 건조하게 대꾸했다.

"리디아."

정이선의 입에서 한 여자의 이름이 튀어나왔다.

피식.

이사현은 하마터면 폭소를 터트릴 뻔했다.

정이선은 이사현이 자신처럼 여자 때문에 손을 잡자고 하는 줄 아는 모양이었다.

뭐 어떠랴.

정이선과 동급으로 취급받는다 해도.

"그년은 내 거라고."

정이선이 이글이글 타오르는 눈빛으로 말했다.

"걘 관심 없어. 나는 저 애 정도면 딱 좋아."

이사현은 일부러 마음에도 없는 소리를 했다. 저만치 김춘추의 곁에는 크리스티나와 이예화가 서 있었다.

"왼쪽 빨간 드레스도 안 돼."

정이선이 재빨리 내뱉었다.

"욕심이 많군. 걱정 말라고. 난 그전부터 저 애를 찍어 놨으니까."

이사현은 이예화를 가리키면서 말했다.

그의 말은 사실이 아니다. 단지 정이선에게 자신의 속내를 들키지 않으면서 그를 만족시킬 만한 답변을 내놓은 것뿐이었다.

"저 애?"

이사현의 말에 정이선이 뜻밖이라는 듯이 이예화 쪽을 바라보았다.

항상 리디아 곁에 있어서 그랬지, 이제 그녀만 다시 보니 갓 피어나는 꽃봉오리처럼 청초해 보였다.

끄덕끄덕.

정이선은 이사현의 마음이 이해 간다는 식으로 고개를 끄덕였다.

"서로 간에 계약 성공이군. 자세한 것은 나중에 만나서 조용히 얘기하지."

이사현이 나지막하게 속삭였고, 정이선이 동의했다.

"그러지."

그러고는 김춘추 일행이 서 있는 쪽을 다시 한 번 바라보았다.

이글이글.

그의 눈빛은 욕망으로 얼룩져 있었다.

"어쩐지 한기가 드는데."

김춘추가 중얼거렸다.

"젊은 애들끼리 쑥덕대는 것 같네."

크리스티나가 비웃는 투로 말했다.

"그러라지."

김춘추는 흘낏 이사현과 정이선이 서 있는 쪽을 바라보았다.

두 사람이 자신 쪽을 보면서 뭔가를 속삭이는 것을 모르지 않는다.

아니, 똑똑하게 들었다.

그는 마음만 먹으면 이 주변의 사람들이 어떤 대화를 나누는지 전부 다 들을 수 있었다.

"걱정 안 돼?"

크리스티나의 물음에 김춘추가 무심한 어조로 답했다.

"글쎄, 네 말대로 젊은 애들끼리 쑥덕이는 건데."

"너도 젊은 애거든?"

옆에서 이예화가 한심하다는 듯이 말하며 끼어들었다.

"그래 보여?"

김춘추가 빙그레 웃으면서 되묻자, 이예화가 황당하다는 듯이 대꾸했다.

"내 눈엔 너도 젊은 애처럼 보여."

"겉껍데기야 그렇지."

김춘추의 말을 들은 크리스티나가 눈을 동그랗게 뜨면서 물었다.

"그건 뭔 소리야?"

"뭔 소리겠어요? 저 속은 늙은이라고 말하는 거지."

크리스티나의 질문에 이예화가 앙칼지게 대답하면서 김춘추를 바라보았다.

"네 말이 맞네."

김춘추가 씨익 웃었다.

청와대 영빈관, 대통령이 주최하는 만찬회.

이 밤이 쉽게 끝날 것 같지 않다.

◈ ◈ ◈

"이리 아름다운 사람들이 다 있나."

김춘추 일행이 서 있는 뒤에서 소리가 났다.

그들은 소리가 나는 곳을 향하여 뒤를 돌아보았다. 이명옥이었다.

김춘추가 고개를 끄덕이며 정중하게 인사를 건넸다.

"말씀을 들었습니다. 먼저 찾아뵙고 인사를 드렸어야 하는데, 죄송합니다."

"호호호, 무슨 죄송까지. 아버지의 이름으로 먹고사는 여자에게 과분한 인사이십니다."

김춘추의 말에 기분 좋은지 이명옥은 빨간 입술을 손으로 가리며 웃었다.

그런 그녀의 모습에 크리스티나와 이예화는 살짝 빈정이 상했지만, 그렇다고 티를 낼 수는 없는 상황이었다.

만찬회장 안은 본격적으로, 눈에 띌 정도로 치열한 로비 작업의 장소가 되어 가고 있었다.

대한민국의 정, 재계에서 잘나간다는 모든 사람들을 한꺼번에 모아 놓은 장소이니만큼 참석자들에게도 서로에게 얼굴을 알리는 가장 좋은 장소가 되었다.

친분을 쌓기에도 그렇고, 후계자들을 인사시키기에는 더더욱 좋은 자리이고.

김춘추는 이명옥을 가만히 바라보았다. 그녀의 뒤로 수줍게 서 있는 또 한 여자가 보였다.

이명옥에 대해서는 김춘추도 그다지 아는 것이 없다.

한때 나는 새도 떨어뜨린다는 권력자를 아버지로 가졌고, 지금은 정치계에 입문해서 자신의 기반을 쌓고 있다는 정도였다.

아직까지 큰 지지 세력을 가지지는 못했지만, 옛정을 생각해서인지 전세환 대통령이 꽤 많은 배려를 그녀에게 해 주었다는 소문과 지금 두 사람 사이가 그다지 좋지는 않다는 소문이 들려오는 정도였다.

 이명옥 스스로가 과거의 인연을 끊고 새롭게 자신의 힘으로 거듭나려고 애쓰고 있다는 증거이기도 했다.

 그런 점에서 김춘추는 그녀에게 그다지 나쁜 감정이 없었지만, 그렇다고 좋은 감정이 생기는 것도 아니었다.

 그녀 같은 사람은 이 만찬회장에 얼마든지 있었기 때문이다.

 김춘추는 옅은 미소를 띤 채 그녀에게 말을 걸었다.

 이명옥이 이곳에 온 이유는 다른 이들과 다를 바가 없을 터였다.

 친분 교류.

 "선예야, 너도 인사해라."

 이명옥이 재빨리 자신의 뒤에 일보 떨어져 수줍게 서 있는 하선예에게 말했다.

 "안, 안녕하세요."

 하선예가 이명옥의 말에 고개를 들면서 인사를 해 왔다.

 흠칫.

 순간, 김춘추는 발밑이 무너지는 것만 같은 아찔한 감정을 느꼈다.

하선예.

그녀에게 뭔가가 있다.

이 익숙한 기운은 뭐지?

"김춘추라고 합니다. 이렇게 아름다우신 분을 소개받게 되어 영광입니다."

"저야말로 반가워요."

하선예의 볼에 홍조가 퍼지기 시작했다.

"제 양녀랍니다."

이명옥이 환한 미소를 지으면서 설명을 했다.

순간, 크리스티나와 이예화는 동시에 이명옥을 바라보았다. 아무리 많이 쳐도 20대 후반, 30대 초반으로밖에 보이지 않았기 때문이다.

한데, 하선예는 20대 초반.

겨우 몇 살 차이 나는 것 같지도 않은데 양녀라니. 도대체 저 여자는 얼마나 나이가 많은 거야?

그렇다는 건 저 비현실적인 외모는……?

크리스티나와 이예화의 눈에는 이명옥을 향한 부러움이 담겨 있었다. 그렇다고 해서 그녀와 하선예에 대한 경계심을 늦추지는 않았다.

"무척 어려 보이시는데, 양녀라뇨?"

크리스티나가 참지 못하고 말을 걸었다.

이예화는 잠자코 있었다.

평소 그녀의 성격이라면 벌써 묻고도 남았겠지만, 이곳은 청와대 안이다.

자신이 낄 장소가 아니라는 것쯤은 이예화도 잘 알고 있었다.

"호호, 그런 말 많이 들어요. 어차피 결혼은 생각이 없고, 예쁜 딸은 있었으면 좋겠고. 얘가 워낙 착하고 살뜰하게 저에게 잘해요."

이명옥의 입에서 이미 준비된 멘트가 술술 나왔다. 이런 질문은 이미 숱하게 받아 봤기 때문이다.

쿡, 쿡.

이예화가 옆구리를 찌르자, 크리스티나가 황급히 입을 다물었다.

이명옥에게 질문해 봐야 돌아오는 건 양녀 자랑이다. 김춘추 앞에서 수줍게 서 있는 저 여자의 칭찬을 계속해서 들을 필요는 없다.

하여, 이예화가 먼저 눈치를 채고 크리스티나에게 신호를 준 것이다.

조금 전까지 서로를 경계하던 두 여자가 지금은 똘똘 뭉쳐 이명옥과 하선예를 경계하고 있었다.

"휴."

이예화는 자신도 모르게 한숨을 쉬었다. 하선예가 너무도 예쁘기 때문이었다.

아니, 거기에 청초함이 더해져 있었다.

크리스티나의 고혹적인 아름다움은 김춘추에게 그다지 먹히지 않는다는 것을 이예화는 잘 알았다.

김춘추 본인은 못 느끼겠지만, 그는 청순하고 보호 본능을 불러일으키는 여자를 좋아한다.

리디아가 딱 그렇다.

겉으로는 냉정하고 사람들을 도울 것 같지 않지만, 의외로 속이 따뜻한 남자다.

그래서 리디아를 그렇게 도와준 것이다.

자신은 그녀와는 달리 강단 있고 세 보이지 않은가. 리디아에 비하면.

외모는 그녀에게 지지 않는다고 스스로 자신하고 있었다. 리디아가 서구적인 외모의 아름다움이라면 자신은 동양적인 미모일 뿐이라고 말이다.

물론 순전히 이예화의 주관적인 생각들이었지만, 그 자신을 그렇게 위로하고 있었다.

이예화는 불안한 눈빛으로 김춘추와 하선예를 바라보았다. 하선예가 인사를 건넸을 때 김춘추의 흔들리는 눈빛을 눈치챘던 것이다.

평소의 그답지 않다.

워낙 예쁜 여자들 틈에 있어서 그런지 여자를 보기를 돌같이 할 정도의 사내였던 그였다.

그런데 저 눈빛, 저 표정…….

지금 당장만 해도 그렇다. 김춘추는 하선예와 담소를 나누고 있었다.

이명옥은 그저 들러리였다.

자신과 크리스티나가 있는데도 어느새 등을 돌리고 하선예만을 바라보고 있었다.

'뭐지?'

이예화는 질투심에 불타오르기 시작했다. 하지만 이곳에서 드러낼 수는 없는 법.

"파트너에게 돌아가야겠어."

크리스티나 역시 아랫입술을 깨물고는 나직막이 일행에게 인사를 건네고 몸을 돌렸다.

김춘추와는 이미 평생 친구를 하기로 정했다. 그러니 이런 상황은 앞으로 얼마든지 올 것이다.

그때마다 질투하고 막을 수는 없다. 그것은 친구로서 할 일이 아니기 때문이다.

아무튼 저 여자에게 김춘추가 한순간에 빠진 것은 분명해 보였다.

'하선예라고 했지. 조사해 봐야겠어.'

크리스티나는 그렇게 속으로 마음먹었다.

지금은 아쉽지만, 자신의 파트너가 있는 곳으로 발길을 돌렸다.

상황을 보니 대진그룹의 김호중이 다운스트림 코리아에게 돌아가던 정부 지원금을 받게 된 것 같다.

전세환 대통령과 김호중의 대화가 꽤 길어지고 있다.

물론 이곳은 만찬회장.

'언질만 주겠지.'

크리스티나는 김호중을 힐끔 보면서 생각했다. 그리고 김춘추를 떠올렸다.

'도대체 무슨 속셈이지? 앞으로 그 많은 자금을 어떻게 감당하려고.'

크리스티나는 두바이 알 파사 만에 대한 내용을 누구보다 잘 알고 있었다. 중동 담당자이다 보니 중동 내 대규모 프로젝트는 거의 다 꿰고 있었기 때문이다.

전세환 대통령이 그랬던 것처럼 전문가들조차 김춘추가 곧 파멸할 거라고 생각한다.

그들이 생각하는 김춘추 같은 사업가는 이 바닥에 흔하게 존재한다. 그중 일부가 어려움을 뚫고 그룹을 키워 나가게 되는 것이 수순이었다.

하지만 크리스티나가 보는 김춘추는 달랐다.

열정 가득한, 그렇고 그런 청년 사업가의 모습이 절대 아니었다.

'뭔가 재밌는 일이 생기겠어.'

크리스티나의 입가에 슬며시 미소가 피어올랐지만, 그것

은 이내 사라졌다.

하선예의 발그레해진 얼굴이 떠올라 기분이 잡쳤기 때문이다.

크리스티나는 뒤를 살짝 돌아보았다.

그 순간, 김춘추가 자신의 명함을 하선예에게 주는 것이 보였다.

'쟤도 남자 맞군.'

패장의 얼굴을 한 채 잠시 그 광경을 보던 크리스티나가 고개를 저었다.

그리고 이내 자신의 파트너 김호중에게로 씩씩하게 발걸음을 돌렸다.

크리스티나도 크리스티나지만, 이예화도 무료해지기 시작했다. 이명옥과 하선예, 김춘추와의 대화가 제법 길어진 탓이었다.

단순한 잡담이라면 그녀도 끼어들겠지만, 이곳에서의 잡담은 거의 사업 이야기였다.

그러니 함부로 뛰어들 수도 없었던 이예화는 샴페인을 가지러 간다는 핑계로 그들에게서 빠져나왔다.

말이 빠져나온 것이지, 아무도 그녀가 가는 것을 신경도 쓰지 않았다. 심지어 김춘추는 만찬회를 즐기라는 말까지 던졌다.

그것이 상처가 됐다.

'칫, 자기밖에 친한 사람이 없는데.'

섭섭한 마음에 이예화는 샴페인을 나르고 있는 웨이터들을 볼 때마다 샴페인을 집어 들이켰다.

"동광그룹의 장남, 하선욱이라고 합니다."

문득 목소리가 들려와 이예화는 뒤를 바라보았다.

훤칠한 키에 환한 미소를 띤 사내가 그녀를 부드러운 눈빛으로 바라보고 있었다.

"저한테 인사를 하신 거면 실수하셨어요."

이예화가 앙칼지게 말했다.

"왜 실수죠?"

하선욱이 물었다.

"으음, 저는 댁들처럼 앞에 타이틀이 없어요."

"이름이 없습니까?"

"아니요. 이름은 있죠. 이예화라고, 우리 아빠가 지어 주신 이름이요. 하지만 동광 어쩌고저쩌고 그런 타이틀이 없다고요."

"그게 뭐가 중요합니까?"

"중요하죠. 댁도 방금 저에게 타이틀을 먼저 앞에 걸고 말했잖아요."

이예화는 술김에 자신도 모르게 처음 보는 사내에게 시비 아닌 시비를 걸고 있었다.

"습관이 돼서. 죄송합니다. 그렇다고 제가 타이틀로 사람을 판단하는 건 아닙니다."

"그래 보이는데요?"

이예화가 앙칼지게 대꾸했다. 그러자 하선욱이 쓰디쓴 웃음을 지으며 입을 열었다.

"그렇게 따지면 저도 속 빈 강정입니다."

"왜요?"

"동광그룹은 오늘 이 밤에 풍비박산 난다고 해도 이상하게 생각할 사람이 없습니다."

하선욱의 진지하고도 약간은 우울한 모습에 이예화는 순간 술이 깼다.

"어쩜 좋죠? 제가 괜한 말을 해서."

"아닙니다. 그게 우리 그룹의 현실입니다."

그렇게 말하면서 하선욱은 저만치 떨어져 있는 절대 권력자 전세환을 바라보았다.

동광그룹은 전세환의 미움을 받고 있었다. 한때 탄탄하고 잘나가던 동광그룹이 지금 이렇게 휘청대는 이유였다.

이예화가 하선욱의 시선을 좇아 전세환을 보았다.

누구보다 눈치가 빠르고 타인의 감정을 남들보다 빨리 알아채는 그녀였다.

"조금만 버티세요."

전세환의 임기는 1년 반이 채 남지 않았다. 지금 대한민국은 민주주의에 대한 갈망이 불길처럼 번지고 있다. 그쯤은 이예화도 잘 알고 있었다.

그러니 그때까지만 버티면 그에게 미움받는 기업들에게도 희망은 있다.

"글쎄요."

하선욱이 여당 대표 노전택을 떠올리면서 비관적인 투로 말했다.

"자, 한잔하세요"

마침 지나가는 웨이터를 불러 세운 이예화가 샴페인 잔을 받아 들어 하선욱에게 건넸다.

"그러죠."

하선욱이 단숨에 샴페인을 들이켰다.

"오늘이 마지막 방문이 될지도 모르니 열심히 마셔야겠는데요."

빙그레 웃는 하선욱을 향해 이예화가 고개를 끄덕이면서 말했다.

"저 역시 마찬가지예요."

하선욱의 진솔한 태도와 말투가 마음에 들었다.

지금 그녀를 둘러싸고 있는 이곳은 가식과 거짓 웃음이 난무하다. 그런데 하선욱에게서는 그런 모습을 찾아보려야 찾아볼 수가 없었다.

 게다가 훤칠하게 잘생긴 청년이라는 점도 한몫했고.

 두근두근.

 이예화의 가슴이 뛰기 시작했다.

 너무 오랫동안 김춘추만을 바라보다 보니 다른 사내들에게는 시선도 돌리지 않았는데.

 하선욱과 이야기를 나누다 보니 점점 그에게 빨려 들어가는 것만 같았다.

 "타이틀이 없으시니 혼자 오시지는 않았을 테고."

 하선욱이 솔직하게 물었다.

 "파트너야 있긴 있죠. 원래 제가 파트너도 아니었는데요, 뭐."

 김춘추의 얼굴을 떠올린 이예화가 심드렁하게 대꾸했다.

 "저런, 너무 상심하지 마십시오. 그 덕분에 청와대 구경을 하는 거 아닙니까?"

 하선욱의 농담을 들은 이예화의 입가에 미소가 번지기 시작했다.

 "참 긍정적이시네요?"

 "제가 한 긍정 하죠."

 "그 긍정, 저에게도 나눠 주세요."

 "내일 만나 준다고 하면 나눠 드리죠."

 "내일요?"

이예화의 눈이 동그래졌다.

그리고 안 그래도 하선욱 덕분에 뛰는 심정이 더욱 빠르게 뛰기 시작했다.

심지어 자신의 심장 소리가 하선욱에게 들릴까 봐 신경이 쓰이기까지 했다.

"만나 주시는 거죠?"

"원래 이런 자리에 온 목적은 탄탄한 배경을 가진 여자를 잡으려고 하는 거 아닌가요?"

이예화가 마음에도 없는 소리를 했다.

"탄탄한 배경을 가진 여자가 곧 부도 날 그룹의 장남에게 눈길이나 주겠습니까? 그리고 저는 지금 타이틀도 없는 여자 앞에 서 있습니다. 그런데 이 여자를 놓치면 평생 후회할 것 같습니다. 아까도 말씀드렸죠? 저는 타이틀 같은 건 중시하지 않는다고요."

하선욱이 진지한 눈빛으로 말했다.

"혹시 바람둥이 아니세요? 작업 멘트 같아요."

말은 그렇게 했지만, 이예화는 기분이 너무 좋았다. 구름 위에 둥둥 떠다니는 것만 같았다.

"작업 멘트라고 해도 좋습니다. 앞으로 바람둥이가 아니라는 것을 증명해 드릴 자신이 있습니다. 내일 광화문 교보문고 11시, 어때요?"

"제가 승낙도 안 했는데 이렇게 맘대로 정하시면 안 되죠."

이예화는 그렇게 말하면서도 하선욱이 행여나 자신의 말 때문에 약속을 취소할까 봐 조마조마했다.

"무작정 기다리겠습니다. 제가 책을 정말 좋아합니다. 교보문고는 저의 아지트죠. 제 아지트에 초대합니다. 멋들어진 장소가 아니어서 안 나오시겠다고 해도 할 말은 없습니다만."

하선욱의 얼굴에도 긴장의 빛이 떠올라 있었다. 그 모습이 꽤 귀여웠다.

"글쎄요. 제가 나가지 않는다 해도 좋아하시는 아지트에서 마음껏 책 보실 수 있겠네요."

"그렇게 되는군요. 하하."

하선욱이 호탕하게 웃었다.

"내일 아침 눈뜨면 결정할게요."

이예화가 간신히 말했다.

"좋습니다. 전 내일 교보문고 앞에서 11시부터 기다리죠."

하선욱이 환한 미소를 지었고, 그 모습에 이예화의 가슴은 다시 콩닥콩닥 뛰기 시작했다.

한편, 김춘추는 여전히 이명옥과 하선예에게 둘러싸여 있었다. 하선예에게서 흘러나오는 익숙한 기운을 당최 알아내지 못했기 때문이다.

'도대체 이게 뭐지?'

김춘추는 하선예를 뚫어지게 바라보았다. 그 모습에 이명옥의 입꼬리가 위로 치켜 올라갔다.

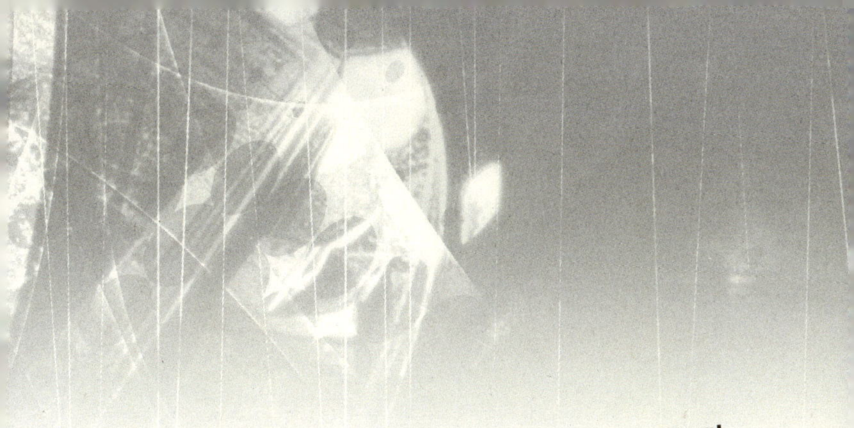

제7장

이중대와 영국 왕실

 영국 런던 중심가에서 서쪽으로 약 24킬로미터 떨어진 미들섹스 하운스로우에 있는 히드로 국제공항.

 영국을 방문하는 모든 외국인들은 입국 심사를 위해서 길게 줄이 늘어서 있었다.

 관광 혹은 사업 등 여러 가지 이유로 이곳에 서 있는 사람들 얼굴 위에 서서히 그늘이 지고 있었다. 이곳의 입국 심사는 다른 나라들보다 꽤나 까다로웠기 때문이다.

 사실 그럴 수밖에 없는 것이 이곳 히드로 국제공항은 규모가 가장 큰 유럽 제1위 공항이었다. 따라서 이곳을 찾는 사람들이 워낙 많은 까닭에 입국 심사를 대충 할 수는 없는 노릇이었다.

입국 심사는 백인들보다는 흑인과 아시아인들에게 더욱 까다로웠는데, 5명 중 1명은 재입국 심사를 받기 위해서 보안요원에게 안내를 받을 정도였다.

바로 이 런던 히드로 국제공항 입국 심사장에 김춘추가 있었다.

청와대 만찬회 바로 다음 날, 이곳을 방문하기 위해서 그는 비행기에 몸을 실었다.

길게 늘어선 줄, 짜증 섞인 사람들 틈에서 김춘추는 덤덤하게 서 있었다.

그때, 보안요원 한 명이 한 장의 사진을 들고 두리번거리는 모습이 보였다. 때마침 안내 방송도 나왔다.

[대한민국에서 오신 김춘추 사장님은 1번 입국 심사대 앞으로 나오시길 바랍니다.]

안내 방송에서 자신의 이름이 나오자 김춘추는 살짝 인상을 썼다.

'내가 온 것을 벌써 알아차리다니……. 이래서 알리지 않고 온 건데.'

"실례합니다. 김춘추 사장님 맞으시죠?"

사람들을 누비면서 손에 들고 있는 사진과 얼굴을 비교하던 보안요원이 김춘추 앞에 서서 물었다.

그 바람에 입국 심사장 안에서 줄을 서고 있던 사람들의 시선이 김춘추에게 향했다.

사람들의 얼굴에는 일순 부러운 빛이 떠올랐다.

지금 보안요원의 행동과 안내 방송으로 미루어 보아, 그들이 찾는 사람은 매우 특별해 보였다. 아니, 아주 특별한 대우를 받을 듯했다.

그런데 그 대상이 바로 저 젊은 동양인이었다.

사람들은 김춘추에게 이목을 집중했다.

그들의 머릿속에는 저 젊은이에게 대체 어떤 능력이 있기에 이토록 정중한 대접을 받을까? 누가 이렇게 저 젊은이를 대접하려고 할까? 등등, 여러 가지 의문들이 가득했다.

사람들의 시선을 느낀 김춘추는 할 수 없이 고개를 끄덕였다.

그러자 보안요원의 입가에 밝은 미소가 떠올랐다.

"왕실에서 정중히 모셔 오라고 하셨습니다."

웅성웅성.

왕실이라는 말에 사람들이 동요하기 시작했다.

영국인들뿐 아니라 전 세계인들에게 영국의 왕실이 갖는 의미는 대단했다.

물론 18, 19세기처럼 전 세계를 호령하던 영국은 없다. 하지만 아직도 상징적인 의미로 영국 왕실은 남아 있었다.

"가시죠."

재빨리 대답한 김춘추는 보안요원을 재촉해서 황급히 1

번 입국 심사대로 향했다. 사람들의 시선이 부담스러웠기 때문이다.

'이 친구가 왜 이렇게 요란을 떨지?'

뒤통수로 계속해서 따가운 시선을 느끼면서 김춘추는 앤더슨 왕자를 원망했다.

어쨌거나 그 덕에 그는 일사천리로 공항을 벗어나서 대기하고 있던 승용차에 몸을 실었다.

"반갑네, 친우."

차 안에는 앤더슨 왕자가 이미 타고 있었다.

"요란한 환영인데."

그렇게 말하면서도 김춘추는 입가에 미소를 띠었다. 앤더슨 왕자의 마음을 이해하기 때문이다.

"내가 가장 존경하는 사람인데, 이 정도의 환영은 해 줘야지."

앤더슨 왕자가 엄지손가락을 치켜세우면서 말했다.

"어떻게 알았어?"

"크리스티나 양."

"역시."

김춘추가 고개를 끄덕였다.

"크리스티나 양이 말해 주지 않았다고 해도 알았을 걸세."

앤더슨 왕자의 얼굴에는 짓궂은 미소가 떠올라 있었다.

"어떻게?"

김춘추가 모르는 척 물었다.

"공항에 연락해 두었지. 김춘추라는 네임이 걸리도록. 크크."

"저런, 친우가 몹쓸 짓을 하는군."

"그만큼 자네를 목 빼고 기다리는 걸세. 그렇게 오라고 초청했건만 아무런 연락도 없이 오다니. 섭섭한데."

"미안하군."

김춘추의 사과에 앤더슨 왕자가 고개를 저었다.

"전혀 안 미안한 표정이야. 이거 참, 누가 자네를 이곳에 오도록 만들었나?"

"이중대."

김춘추가 한 이름을 툭 뱉었다.

"아."

그러자 앤더슨 왕자의 입에서 신음 소리가 흘러나왔다.

그도 이중대를 모르지 않는다.

그가 세상에서 제일 좋아하는 친우, 김춘추의 나라에 대해서는 이미 많은 정보를 수집했다.

그리고 그 나라에서는 지금 일대 변혁이 일어나고 있었다.

군사정권의 나라, 대한민국. 그곳에 민주주의를 향한 열망이 불길처럼 번져 가는 중이었다.

외신에서는 그런 복잡한 나라 사정 때문에 88올림픽이 열릴 수 있겠냐고 걱정한다. 심지어 일본 나고야 측에서는 대한민국에서 열지 못하게 되면 자신의 나라에서 열 수 있다고 주장하고 있다.

하루 속히, 이 상황을 매듭짓지 않으면 88올림픽마저 나고야로 넘어갈 수 있는 상황이었다.

"그 사람과 손을 잡는 게 자네에게 과연 득일까? 실일까?"

"글쎄."

김춘추가 창밖을 바라보면서 중얼거렸다.

"흐음."

그런 김춘추의 모습에 앤더슨 왕자는 무언가 생각하는 눈치였다.

이내 그가 입을 열었다.

"자네가 어떤 결정을 하던 간에 나는 자네 편일세."

"고맙네."

"자네 역시 아무 조건도 없이 나를 도와주지 않았던가?"

김춘추의 인사를 받은 앤더슨 왕자가 존경하는 눈빛으로 그를 바라보았다.

앤더슨 왕자는 한때 왕실의 수치라는 소리를 들었다. 왕세자인 형에 비해서 모든 면에서 비교가 될 정도로 형편없었다.

사실 타고난 그의 머리는 무척 좋았다. 하지만 첫째가 아닌 둘째로 태어난 것이 그에게는 가장 독이었다.

물론 앤더슨 왕자가 형의 지위를 노린 적은 한 번도 없었다. 하지만 형의 주위 사람들이 그를 경계했다. 심지어 그의 모든 사생활 하나하나를 파헤쳤다.

물론 파헤칠수록 앤더슨 왕자가 왕실의 품격에 어울리는 행동과 사상, 정신을 소유했다는 사실을 알게 되었다. 하나, 그것은 오히려 그들의 경계심을 더욱 크게 만들었다.

무엇보다 그를 못 견디게 괴롭힌 것은 핏줄인 형의 견제였다.

앤더슨 왕자는 형을 위해서 아예 방탕한 생활을 하기로 했다.

그 이후, 그는 왕실의 수치로 전락해 버렸고 갖가지 트러블을 일으키는 등 문제가 많아진 그를 왕실에서는 아예 미국에 있는 대학으로 유학 보내 버렸다. 그리고 그 덕에 김춘추를 만났다.

김춘추는 그에게 세상에 흔들리지 말라는 조언을 했다.

딱 그 한마디뿐이었다

하지만 앤더슨 왕자는 그와 대화를 나눈 그날 밤을 잊을 수가 없었다.

흔하게 들어 본 말일 뿐인데. 그의 눈빛, 그의 목소리, 그의 숨소리 하나하나까지 전부 기억한다. 그것이 영혼에 각

인되어서 그를 구원했다.

정말 말도 안 되는 소리라는 것은 앤더슨 왕자 그 자신도 안다.

그런데 그에겐 말이 된다.

그냥 그날 밤 그는 구원을 받았다.

자신 스스로에게.

그 이후, 앤더슨 왕자는 다시 예전의 모습으로 되돌아갔다.

그리고 왕실이 아닌 영국, 세계에서 자신의 자리를 차지하기 시작했다.

그 결과, 황금여명회에서 앤더슨 왕자를 선택했다.

영국 왕실에서 대외적으론 가장 힘 있는 사람은 엘리자베스 2세 여왕이다. 그다음이 왕세자인 그의 형이고.

하지만 그 서열은 대외적인 것일 뿐, 실제로는 여왕 다음으로 앤더슨 왕자의 힘이 강했다.

그는 자신의 힘으로 형의 지위를 더욱 탄탄하게 해 주었다. 결국 왕세자인 그의 형도 동생인 앤더슨 왕자를 적으로 돌려서는 안 된다는 교훈을 배웠다.

게다가 앤더슨 왕자에게는 영국 왕실은 너무도 좁다는 것을 알게 되었고, 앤더슨 왕자가 왕위에 대한 관심도 없을뿐더러 오히려 왕위가 그의 행동을 제약하는 도구일 뿐이라는 것을 안 이후로 그에 대한 경계심을 완전히 풀었다.

덕분에 앤더슨 왕자와 형인 왕세자의 사이는 어렸을 때처럼 다시 좋아졌다.

앤더슨 왕자는 이 모든 것이 김춘추 덕분이라고 생각했다. 자신의 영혼을 구원해 주었기 때문이다.

확실히 김춘추에게는 힘이 있다. 그것은 말로 설명할 수 없다.

영혼을 움직이는 힘.

앤더슨 왕자는 자신에게 미소를 짓고 있는 친우 김춘추를 바라보면서 속으로 맹세했다.

그가 자신의 고국을 바꾸려고 한다면, 자신의 모든 힘을 동원해서 반드시 도와주겠노라고.

"어서 오시게."

김춘추가 호텔 방 안으로 들어서자, 이중대는 의자에서 벌떡 일어나 그를 맞이했다.

그의 얼굴에 환한 미소가 감돌았다.

"불러 주셔서 감사합니다."

"아닐세. 이렇게 한걸음에 와 준 것만으로도 감사하네."

이중대는 진심으로 김춘추에게 감사 인사를 건넸다.

그가 이렇게 빨리 자신에게 와 준 것만 해도 고마울 지경이었다.

이중대는 관악산에서 만난 한 젊은이를 잊을 수가 없었다.

자신에게 용기를 주고 자신을 꾸짖어 주던 젊은이.

그때 그 젊은이가 없었더라면 그는 스스로의 길을 포기했을지도 모른다.

물론 이중대는 이후석에게 납치를 당해서 죽음의 위기에 처해 있을 때 그 자신을 구해 준 사람이 김춘추임을 모른다.

어린 김춘추가 미국 대사관에 이중대가 납치당해 한국에 와 있음을 알려 주지 않았더라면 그는 모진 고문 끝에 죽었을 것이 분명했다.

만약 이중대가 그때 죽었더라면, 아니 그가 모진 고문에 이기지 못해서 그들이 덮어씌우는 가짜 죄를 전부 인정했더라면 이중대의 명예는 땅에 추락하고 말았을 것이다. 권력자들은 절대 기회를 놓치는 작자들이 아니다.

그리고 또한 이중대는 지금 눈앞에 서 있는 젊은이가 한때 그의 청춘에 가장 소중한 친구였던 강한신임을 모른다.

하지만 호텔 방 안에 서 있는 김춘추의 모습에 강한신의 모습이 겹쳤다.

"하하하, 만나자마자 이런 말 해서 미안하지만, 자네는 정말 내 친우를 닮았군."

이중대의 말에 김춘추가 미소를 지었다.

"어떤 분이신지 모르지만 운이 좋군요."

"아닐세. 내가 운이 좋았지."

이중대는 강한신의 모습을 떠올리면서 미소를 지었다.

그러고 보니 눈앞의 젊은이는 정말 강한신을 닮았다. 강한신이 조금 더 나이를 먹게 된다면 저 모습이 아닐까?

이중대는 자신도 모르게 고개를 갸우뚱거렸다.

'확실히 닮았어.'

그의 눈가에 눈물이 고인다.

강한신.

그가 어떤 친우인가.

평생 잊으려야 잊을 수 없는 가장 소중한 추억, 친우.

김춘추는 말없이 고개를 끄덕였다.

그도 알고 있다.

이번 환생은 여러모로 특이했다. 점점 나이가 들수록 그의 모습이 바로 전생의 존재, 강한신의 모습과 닮아 가고 있었기 때문이다.

이렇게까지 전생이 강하게 작용했던 전례가 없다.

숱한 환생을 하면서 김춘추는 역사의 소용돌이 속에서 가능한 조심하려고 노력했다.

자신의 존재 가치, 환생의 이유 등을 알기 전에 쓸데없는 카르마를 낳기 싫었기 때문이다.

하지만 이번 생은 정말 다르다. 그런 까닭에 이번 생은 그 자신이 길을 만들기로 했다.

그 결정을 하는 데 오래 심사숙고했다.

그가 심사숙고하는 동안에도 끊임없이 모든 사건들이 그와 관련되어 갔다.

이중대가 손가락을 슬쩍 눈가를 훔친다.

"나이를 먹다 보니 감성만 느는군."

"……."

김춘추는 아무런 말없이 자신의 오래전 친우, 이중대를 따뜻한 눈빛으로 바라보았다.

"자네의 그 눈빛은 확실히 그 친우를 닮았어."

김춘추는 아무런 대꾸도 하지 않았다.

"미안하네. 하하, 늙으니까 주책이지."

이중대는 멋쩍은 미소를 띠면서 김춘추를 자리로 안내했다.

"이렇게 불러서 미안하네."

"말씀하십시오."

"그날, 차 안에서 자네는 나에게 나아가라고 했네."

이중대는 김춘추의 얼굴을 똑바로 보면서 말했다. 김춘추는 말없이 그의 말을 듣고만 있었다.

"사실 그날, 이미 자네도 눈치챘겠지만 나는 흔들렸네. 실로 부끄러운 일일세."

이중대는 김춘추 앞에서 자신의 감정을 솔직하게 토로했다.

"자네의 등장으로 나는 다시 용기를 갖고 광화문으로 달려갔네. 그곳으로 데려다준 이도 자네지."

김춘추는 가만히 고개를 끄덕였다.

"그 이후, 자네를 찾고 있었네. 그런데 신문에서 자네의 모습을 발견했지. 대통령의 중동 순방에 나란히 함께하는 재계의 인물로. 그날 얼마나 놀랬는지."

이중대가 그때를 회고하면서 미소를 지었다.

김춘추는 여전히 말없이 그의 말을 듣고만 있었다.

"그 이후 자네를 지켜보았네. 물론 감시했다는 의미는 아닐세."

"알고 있습니다."

"하긴 그렇겠지. 촉망받는 젊은 사업가인데."

이중대가 고개를 끄덕거리면서 조심스럽게 입을 열었다.

"난 언제 고국으로 돌아갈 수 있을지 모르네. 하지만 자네를 만나고 싶었네."

"왜죠?"

김춘추가 물었다.

"다시 용기를 얻고 싶어서였네. 심히 부끄럽군. 지금 나는 사면초가에 놓여 있네. 내가 다시 한국으로 돌아갈 수 있을지……."

이중대는 심각한 표정을 지었다.

그는 지금 심각한 위협을 받고 있었다. 단순히 몸을 피신한 정도가 아니다.

과거 일본에서 납치당했던 것처럼, 여차하면 그의 생명은 사라질지도 모른다.

그는 직감적으로 자신이 아주 안 좋은 시기에 놓여 있다는 것을 알고 있었다.

"그래서 만나고 싶었네. 나에게 나아가라고 하던 그 젊은이에게 고맙다는 인사를 하고 싶었네. 어쩌면 다시 그때처럼 용기를 얻고 싶었던 건지도 모르지."

이중대는 흔들리는 눈빛으로 말했다.

김춘추를 부른 것이 잘한 일인지 못한 일인지 모르겠다. 사실 앞날이 창창한 젊은이를 이렇게 부른 것조차 실례되는 짓일지도 모른다.

그 자신은 24시간 내내 감시당하고 있었다.

아무리 몰래 접선해서 그를 불렀다고는 하지만, 만약 자신의 부름으로 인해서 장래가 촉망한 젊은이가 현 정권의 미움을 산다면 그거야말로 큰 실례였다.

그럼에도 젊은이를 보고 싶었다. 그의 본능이 그렇게 말하고 있었다.

그를 찾으라고.

그래서 위험을 무릅쓰고 김춘추를 불렀다.

그리고 이렇게 자신의 앞에 모습을 드러내 준 젊은이, 김춘추에게 한없이 고맙고 미안했다.

"아닙니다. 저도 뵙고 싶었습니다."

김춘추가 미소를 지었다.

덥석.

이중대가 김춘추의 손을 꼭 잡았다.

순간 그는 강한신이 자신을 보고 있는 착각마저 느껴졌다.

"강한… 아니, 고맙네. 고마워."

이중대는 연신 고개를 끄덕이면서 인사를 했다.

"계속 나아가십시오. 이제는 고국으로 돌아가셔야 하지 않겠습니까?"

김춘추가 씨익 웃으면서 말했지만, 이중대는 크게 고개를 저었다.

그 모습에 김춘추는 단호하게 말했다.

"내년 설은 고국에서 맞을 수 있도록 준비하겠습니다."

"……."

이중대는 자신의 귀를 의심했다.

이 젊은이가 무슨 수로?

무슨 생각이기에 저토록 확신에 찬 표정으로 말한단 말인가.

그런데 믿어진다.

벌써 그의 심장은 격하게 뛰고 있었다.

이중대는 김춘추를 뚫어지게 바라보았다.

김춘추는 가만히 미소를 지었다. 그리고 친우가 잡은 손을 놓지 않았다.

'내가 그 강한신일세.'

그리고 그는 속으로 이중대에게 말했다.

그가 듣지는 못하겠지만, 지금 이 순간 그들은 영혼으로 서로 교류하고 있었다.

두 사람의 눈이 허공에서 얽혔다.

나이를 떠나, 시간을 초월해서 남자들의 뜨거운 우정이 피어올랐다.

◈ ◈ ◈

김춘추는 서둘러 귀국하고 싶었지만 앤더슨 왕자가 쉽게 그를 보내 주지 않았다.

"모처럼 왔는데 오늘 밤 파티는 참가하세."

"파티에 흥미 없는 건 알고 있지?"

"물론. 하지만 오늘 파티는 자네를 위해서 여는 걸세. 자네가 주인공이라고."

앤더슨 왕자가 열을 내면서 말했다.

그는 진심으로 김춘추를 왕실 사람들에게 소개하고 싶

었다.

정식으로, 자랑스러운 자신의 친우를 말이다.

이것은 다른 사람들에게였다면 굉장히 영광스러운 자리일 것이다.

"자네 마음은 아네만."

운을 떼던 김춘추는 앤더슨 왕자의 열정 어린 눈빛에 그만 미소를 지었다.

"오늘 밤만일세. 내일은 첫 비행기로 가겠네."

"고맙네."

앤더슨 왕자가 와락 김춘추를 안았다.

"대신, 한 사람을 데리고 가겠네."

"이중대 씨 말하는 거지?"

앤더슨 왕자의 물음에 김춘추는 고개를 끄덕였다.

그가 앤더슨 왕자의 제안을 끝까지 거절하지 않은 이유는 바로 이중대 때문이었다.

이중대의 등에 날개를 달아 주려면 이런 기회를 놓쳐서는 안 된다. 그래서 마음을 고쳐먹고 파티에 참석하기로 한 것이다.

영국 왕실과 이중대가 돈독한 사이를 유지하게만 된다면 그는 꽤 많은 우방국을 거느릴 수가 있다.

그렇게 되면 절대 권력자도 그를 어찌할 수 없게 된다.

물론 그동안 이중대는 미국의 비호를 받고 있었다. 하지만 이것을 이중대 스스로도 걱정하고 있는 차였다. 그것은 김춘추도 마찬가지였다.

절대 권력자는 미국과 사이가 좋지 않다.

그를 견제하기 위한 수단으로 미국은 이중대를 비호하고 있었다. 즉, 조건 있는 비호였다.

이중대가 좀 더 날아야 한다.

단순히 미국의 비호만 받는다면 언젠가 그가 권력을 잡게 되든 어쨌든 간에 꼭두각시로밖에 남지 않는다.

이중대는 이 부분을 항상 고민했다.

이번에 절대 권력자를 피해서 미국이 아닌 영국행을 택한 이유이기도 했다.

하지만 망명자로서 영국은 그에게 쉽사리 우호적인 태도를 보여 주지 않았다.

겉으로는 그를 환대했지만, 그렇다고 해서 그의 편이 되어 주는 것은 아니다.

앤더슨 왕자가 주최하는 파티는 이중대에게 큰 힘을 줄 수 있을 것이다.

김춘추가 미소를 지었다.

파티는 버킹검궁 안에서 열렸다.

김춘추 역시 뜻밖이었다. 이곳에서 파티를 개최하다니.

게다가 영국의 상징인 여왕 엘리자베스 2세까지 참석했다.

이로써 앤더슨 왕자가 여왕뿐 아니라 왕실 전부에게 얼마나 큰 영향력을 끼치는지 증명되었다.

물론 오늘의 파티는 왕실 가족 간의 파티였다.

이 자리에 초대된 사람들은 거의가 왕족들이었다. 김춘추와 이중대만 빼면 말이다.

비록 파티에 참여한 사람들의 수는 많지 않았지만, 굉장히 유의미한 자리였다.

"내 아들이 입에 침도 안 바르고 자네를 칭찬한다네."

엘리자베스 2세 여왕이 미소를 지면서 말했다.

평소 엄격하기로 유명한 여왕이다. 그런데 이 자리에서 그녀는 단지 한 아들의 엄마일 뿐이었다.

"영광입니다, 여왕 폐하."

김춘추가 여왕에게 경의를 표하면서 인사를 올렸다.

"나에게 예의를 차릴 필요가 없네. 내 아들의 친우는 내 아들이나 마찬가지일세."

여왕이 부드러운 어조로 말했다.

"어머니께서 그렇게 말하신다면 진짜 그런 걸세."

옆에서 앤더슨 왕자가 거들었다.

"호호, 우리 아들이 단단히 자네에게 빠졌군. 자네가 여자였다면 내가 매파를 보내야 했을 걸세."

여왕이 농담조로 말을 건넸다.

그 순간, 그 자리에 있던 사람들은 모두가 놀란 표정으로 여왕을 바라보았다.

엄격하고 고지식한 여왕이 저런 농담을 서슴없이 하다니. 게다가 왕족이 아닌 자에게 말이다.

"여왕 폐하의 말씀에 몸 둘 바를 모르겠습니다."

김춘추가 조심스럽게 대꾸했다. 왕족들의 모든 시선이 그들에게 향해 있었기 때문이다.

"그래그래. 그런데 말이야. 자네 억양은 완전히 우리와 똑같군."

영국 여왕이 감탄하면서 김춘추를 바라보았다.

실제로 김춘추의 영국식 발음, 특히 귀족들이 사용하는 발음은 완벽했다.

그 독특한 발음을 김춘추는 자연스럽게 구사하고 있었다.

"친우의 명성에 먹칠하지 않도록 노력했을 뿐입니다."

"아닙니다, 어머님. 제 친우는 전 세계 언어를 거의 다 말할 수 있을 겁니다."

앤더슨 왕자가 손사래를 치면서 설명을 했다.

"세상에나! 자네, 정말 대단하군."

영국 여왕이 연이은 감탄성을 내뱉었다.

"아닙니다."

김춘추는 계속해서 겸양을 떨었다.

"내 아들이 그렇다면 그런 걸세. 저 애가 허튼소리를 하는 것을 나는 본 적이 없네. 심지어 망가져 있던 때에도 저 애는 한 번도 허튼 말을 한 적이 없어."

영국 여왕은 자식을 향해서 신뢰의 눈빛을 보내면서 말했다.

그녀도 알고 있었다. 그녀 다음으로 영국에 가장 어울리는 왕이 있다면 그것은 바로 둘째 아들 앤더슨일 것이다.

태어날 때부터 알았다.

그 특별함과 총명함을.

한때 망가졌었지만, 그래도 알고 있었다.

형을 위한 그의 배려와 그가 겪는 마음고생까지.

안타까웠다.

하지만 그녀는 어머니이기 이전에 여왕이었다.

크게는 나라를, 작게는 왕실을 이끄는 자리에 있는 사람이었다.

그래서 손을 내밀어 주지 못했다.

자신의 위치를 가장 한스럽게 여기던 순간이었다.

그런 아들을 저 친우라는 자가 새롭게 태어나게 했다. 다시 자신의 존재 이유를 찾아 주었다.

그것이 한없이 고마웠다.

아니, 단지 찾아 준 것만이 아니라 앤더슨이 날 수 있도록 날개를 달아 주었다.

이것은 왕실로서, 영국으로서 대단한 비전이었다.

여왕은 앞으로 영국에게 번영과 힘을 가져다주는 데 큰 몫을 할 이가 앤더슨 왕자임을 알고 있다.

그러니 김춘추가 고마울 수밖에 없었다.

그리고 실제로 그를 직접 대면하니, 앤더슨 왕자가 입에 침이 마르도록 칭찬할 만하다고 느꼈다.

언어 하나뿐 아니라 예의범절 등, 그 어느 것 하나 트집 잡을 데가 없이 완벽하다.

그리고 힘이 있었다.

사람들을 이끄는 위치에 선 여왕으로서는 타고난 리더십이나 타고난 지도자감을 알아보았다.

그런데 김춘추는 리더십과 지도자감을 뛰어넘어 뭐라고 표현할 수 없을 정도로 굉장한 존재감이 느껴졌다.

여왕 스스로 속으로 감탄할 정도였다.

물론 여왕이 모르고 있는 사실이 있었다. 김춘추가 자신의 존재감을 방출하고 있다는 것 말이다.

아니, 평소에는 자신에게서 뿜어져 나오는 기운을 많이 닫고 있었다. 자신의 기운을 그대로 방출하는 것만으로도 주변 공간이 압도당한다는 사실을 알고 있었기 때문이다.

하지만 오늘은 이중대를 위한 자리였다.

이중대를 위해서, 그는 자신의 존재감을 뿜어내고 있었다.

물론 이중대 자신도 상당히 매력적이고 화려한 언어 구사력을 자랑했기에 영국 왕족들의 만족시킬 정도는 된다.

 하지만 단순히 그들을 만족시키는 정도로는 국제적인 비호를 받을 수가 없었다.

 그래서 김춘추는 자신이 나서기로 했다.

 그런 까닭에 그는 자신의 기운을 어느 정도 열어 두고 있었다.

 파티장 안의 모든 사람들의 시선이 김춘추에게로 향하고 있었다.

 안 그래도 파티의 주최 이유가 앤더슨 왕자의 친우인 그를 환영하기 위해서였다.

 솔직히 이런 파티에 왕족들이 전부 참석하는 건 매우 드문 일이었다.

 하지만 여왕이 참석한다고 하는 순간, 모두의 참석은 확정된 것이나 마찬가지였다.

 파티를 좋아하지 않는 앤더슨 왕자가 파티를 여는 것도 이례적인 일이기도 했고 말이다.

 그리고 직접 김춘추를 보게 된 모두는 고개를 끄덕일 수밖에 없었다.

 앤더슨 왕자와 여왕이 왜 이렇게 그를 경탄해하는지.

 압도적이다.

 카리스마적이다.

공간을 지배한다.

모두의 시선을 강탈하는 사내, 바로 김춘추였다.

'대단한 자군.'

이중대마저 경탄했다.

호텔방에서 그를 직접 면담할 때는 이렇게까지 대단한 줄은 몰랐다.

그런데 파티장에서 보니 김춘추의 존재감이 실감되었다.

왕족이 아님에도 불구하고, 모두를 뛰어넘는 압도적인 파워가 김춘추에게는 있었다.

이자의 도움을 얻는다면… 아니, 호텔방에서 김춘추가 했던 말은 절대 허풍이 아니다.

이중대는 자신도 모르게 고개를 끄덕였다.

"여왕 폐하, 제 친우를 소개합니다."

김춘추가 자신의 옆에 있는 이중대를 가리키면서 정중하게 말했다.

"안 그래도 오늘 누구를 데려오나 했는데, 이중대 씨군요."

여왕이 이중대를 보면서 말했다.

그에 대해서는 이미 보고서를 읽었다.

김춘추가 이 파티에 데려온 것만으로도 그 의미가 무엇인지 잘 알고 있었다.

"이렇게 뵙게 되어 영광입니다."

이중대가 정중한 어조로 여왕에게 인사를 건넸다.

"저도 무척 뵙고 싶었습니다. 우리나라에서 지내시는 것은 어떠신지요?"

여왕이 다정한 미소를 지으면서 물었다.

"덕분에 잘 지내고 있습니다."

"불편하신 점이 있다면 언제든 말씀하세요. 당장 조치를 취하겠습니다."

"정말 감사드립니다."

이중대가 김춘추를 한 번 슬쩍 보고, 다시 여왕을 보면서 미소를 지었다.

"제가 존경하는 분입니다."

김춘추가 옆에서 한마디 거들었다.

"오, 이런. 더욱 신경을 쓰도록 단단히 일러 둬야겠군."

여왕이 고개를 끄덕거렸다.

"아들의 친우는 아들이라면서요?"

앤더슨 왕자가 옆에서 거들었다. 그러자 여왕이 앤더슨 왕자를 보면서 맞장구를 쳤다.

"아들이 존경하는 사람에게 잘해라 이거니?"

"그렇죠. 아들의 친우는 아들이고, 그 아들이 존경하는 사람이라면 당연하죠."

앤더슨 왕자가 연신 고개를 끄덕이면서 말했다.

그는 김춘추의 마음을 안다. 이중대에게 날개를 달아 주려 한다는 것을.

그리고 그것을 자신이 도와줄 수 있다.

그것만으로도 앤더슨 왕자는 자신이 김춘추에게 무언가를 해 준다는 생각이 들어 기뻤다.

"어떻게 하면 내가 내 아들이 존경하는 사람을 위해서 도움을 줄까?"

여왕이 직접적으로 물었다.

웅성웅성.

주변의 왕족들이 전부 술렁였다.

아무리 왕족끼리만 참석한 파티라지만, 여왕의 발언은 가히 파격적이었다.

"이분이 안전에 위협을 받고 있습니다."

여왕의 물음에 김춘추가 솔직하게 대꾸했다.

순간 이중대가 흠칫거렸지만, 김춘추는 그를 향해서 미소를 지었다.

"흠, 이러면 어떨까요? 내 손님으로 영국에서 지내시게 해 드리면."

여왕이 명쾌하게 답변을 내놓았다.

그녀의 말에 김춘추도, 앤더슨 왕자의 얼굴에도 만족의 빛이 떠올랐다.

이중대만이 얼떨떨한 표정을 지었다.

여왕의 제안은 굉장한 것이었다. 자신이 직접 이중대를

비호하겠다는 뜻이기도 했다.

여왕의 손님이라는 위치로 영국에서 지내는 것만으로도 굉장한 편의가 따른다.

그리고 본국에서도 이중대에게 어떤 위협을 가할 수가 없다.

"어머니께서 그렇게 말씀하시니 저도 가만히 있을 수가 없네요."

어느새 이들에게 다가왔는지, 왕세자와 왕세자비가 그들의 곁에 서 있었다. 찰스 왕세자가 재빨리 이들의 대화에 끼어들었다.

"저 역시 힘닿는 데까지 이분이 이곳에서 편히 지내도록 도와드리겠습니다."

"호호호, 찰스, 기특하구나."

여왕이 왕세자 내외를 보면서 웃었다.

"제 동생의 친우는 제 동생인걸요. 그리고 동생이 존경하는 분이라면 당연히 형인 제가 챙겨야죠."

찰스 왕세자가 앤더슨 왕자를 바라보면서 말하자, 앤더슨 왕자가 고개를 끄덕였다.

"형, 고마워."

"형으로서 당연하지."

"정말 두 형제가 사이가 너무 좋네요."

왕세자비가 손으로 입을 가리면서 웃었고, 여왕의 얼굴에는 웃음이 절로 피어올랐다.

 이 얼마나 보기 좋은 광경인가.

 늘 바랐던 일이다.

 두 아들이 이렇게 서로를 도와가면서 대영제국의 번경을 가져오는 일.

 여왕은 자연스럽게 김춘추에게로 시선을 돌렸다.

 그녀는 진심으로 그에게 고마웠다.

 그리고 궁금했다.

 이 젊은이의 미래가, 아니 이 젊은이가 꿈꾸는 세계가.

 만약 이 젊은이의 꿈이 세계 정복이라면 그것은 꿈이 아니라 진짜로 그렇게 될 것이라고 생각했다.

 말도 안 되는 소리지만, 왠지 그 말이 너무도 잘 어울리는 존재였다.

 하지만 여왕은 모른다.

 김춘추에게 지구라는 세계는 좁다는 것을.

제8장

암흑 물질, 반물질

퍼펙트 마이스터

"나도 데려가."

이예화가 김춘추를 조르고 있었다.

"성공 못할지도 몰라."

김춘추가 고개를 저었다.

이예화는 리디아나 김한기와는 다르다.

아무리 차원을 넘는 단검이 있다고 해도, 과연 그것이 그녀에게 힘을 발휘할 수 있을까.

무모하다.

"너네만 재미난 경험을 하고. 나만 왕따시키고."

이예화가 투덜거렸다.

"그 얘기는 이미 밤새 들은 것 같은데."

김춘추가 혀를 내둘렀다.

영국에서 귀국한 이후, 이예화는 그를 집요하게 따라다니고 있었다.

리디아가 다른 차원, 판테온에서 온 것은 이예화도 이미 알고 있다.

그리고 김춘추가 그곳을 다니고 있는 것은 숨기려고 해도 숨겨지지 않았다. 남들보다 영감과 직감이 뛰어난 이예화가 아닌가.

"흥, 너 자꾸 그러면 나도 연애할 거야."

"해라."

김춘추가 어이없다는 표정으로 말했다. 하지만 가슴 한편이 아련하다.

이예화는 어렸을 때부터 봐 온 사이인지라 여동생 같은 느낌이었다.

여동생이 시집가겠다고 하면 이런 느낌일까?

"그래, 당장 하선욱 씨에게 연락해야지."

이예화가 더욱 화난 표정으로 말했다. 여차하면 전화기로 달려갈 태세였다.

"맘대로… 으응? 하선욱?"

순간, 김춘추가 멈칫거렸다.

하선욱.

만찬회장에서 이예화에게 접근했었지.

"동광그룹 장남 하선욱. 몰라?"

이예화의 얼굴 위로 승리에 찬 표정이 떠올랐다.

"하선예의 친오빠?"

김춘추가 짐짓 모른 척 되물었다.

"흥."

그러자 이예화는 완전히 토라졌다.

안 그래도 청와대 만찬회 날 밤, 김춘추는 하선예와 오래도록 대화를 나눴다.

어디 그것뿐인가. 만찬회가 끝나고, 자신이 타고 온 승용차로 이예화를 돌려보낸 것이다. 그 뒤 그가 누구의 차를 타고 어디로 갔는지는 뻔했다.

이예화는 질투심에 사로잡혔다.

하선욱이 마음에 들기도 했지만, 김춘추가 하선예에게 빠진 것은 한눈에 보였다.

하여 그녀는 그다음 날, 하선욱을 만나러 갔다.

두 사람은 데이트를 했고, 하선욱은 계속해서 이예화를 만나기를 원했다.

이예화도 싫지는 않았다.

김춘추 이전에 하선욱을 만났다면 틀림없이 그에게 빠졌을 것이다.

그렇잖아도 하선욱과 계속 데이트를 할 건지 말 건지 고민에 빠져 있었는데, 김춘추의 태도를 본 그녀는 하선욱과 계속해서 만나기로 마음속으로 작정했다.

"그와 계속 만나려고?"

김춘추가 무언가 생각하는 눈빛으로 물었다.

"뭐, 상관없지 않아? 너랑 나랑 친남매도 아니고, 각자 그 남매를 만나는 데는 문제가 없어 보이는데."

이예화는 직설적으로 말했다.

"……."

김춘추는 그녀의 말에 아무런 대답을 하지 않았다. 그 모습이 이예화에게 더욱 확신을 주었다.

'하선예와 사귀는군. 그럴 줄 알았어. 그날 밤 하선예와 같이 간 거야.'

이예화는 발밑이 푹 꺼지는 느낌이 들었다.

언젠간 이런 날이 올 줄은 알았다.

김춘추가 자신을 바라보지 않는다는 것을 안다. 오히려 그녀가 가까이 가려 하면 경계를 하고 거리를 둔다. 그래서 가급적 그 선을 넘지 않도록 조심했다.

그랬기에 늘 마음속으로 단단히 다짐했다.

언젠간 김춘추가 사랑에 빠지는 날이 오면 그냥 지켜보자고.

그런데 가슴이 아프다.

그가 여자들과 같이 있는 모습만 봐도 이렇게 마음이 저린데, 사랑에 빠진다는 건…….

'내가 과연 참을 수 있을까?'

이예화는 아랫입술을 깨물었다.

문득, 하선욱이 떠올랐다. 그의 잔잔한 미소와 함께.

"사람을 사귈 때는 겉모습만 보지 말고."

김춘추가 조용히 말했다.

"내 질문에 대답은 하지 않고 무슨 뚱딴지같은 소리야? 하선욱에 대한 이야기라면 됐어. 나도 내 판단력을 가지고 있어. 내가 너보고 하선예 만나지 말라면 안 만날 거니? 그것도 아니면서 왜 이래라 저래라야!"

이예화가 열 받은 표정을 지으면서 속사포처럼 말을 쏟아 냈다.

김춘추는 잠자코 그녀의 말을 들었다.

항상 여동생 같아서 걱정스럽다.

남들보다 더 남들의 속을 잘 들여다보는 이예화다. 하지만 정작 자신에 관련된 일이면 더 모른다. 잘 속아 넘어가기도 하고.

이예화는 60세 땡중이 귀여운 어린 동자승 모습을 하고 있다고 그 모습에 홀라당 넘어가서 동생 운운하지 않았던가.

"알아서 해."

김춘추가 나지막하게 말했다.

"그런 말 안 해도 알아서 할 거야! 지는 하선예와 자고 다니면서 뭔 참견이야."

이예화가 소리를 빽 질렀다.

김춘추는 아무런 대꾸도 하지 않았다. 그것이 오히려 이예화의 화를 더욱 불러일으켰다.

'잤군.'

이예화는 김춘추를 노려보았다. 동시에 하선예의 청순한 모습이 떠올랐다.

오빠인 하선욱이 잘생긴 것처럼 하선예 역시 미녀였다.

'무슨 남매가 그렇게 다 예뻐.'

하선욱과 하선예 남매를 떠올린 이예화는 자신도 모르게 질투했다.

"그만하자."

김춘추가 고개를 저었다.

"뭘 그만해? 시작한 것도 없는데!"

이예화가 다시 소리를 질렀다.

그때, 거실에서 나지막한 소리가 들려왔다.

"너네들, 10년 산 부부처럼 싸운다."

김춘추의 할머니, 박애자의 말소리였다.

"……."

"……."

두 사람은 꿀 먹은 벙어리처럼 서로를 바라보았다.

김춘추가 빙그레 미소 짓는다. 그러고는 손을 들어 이예화의 머리를 쓰다듬어 주었다.

"조심해."

그렇게 밑도 끝도 없는 말을 남기고는 그는 몸을 돌려 방문을 열고 거실로 나가 버렸다.

그러자 이예화도 더는 반박하지 못하고 이내 거실로 따라 나갔다.

"다녀오겠습니다."

김춘추가 할머니에게 인사를 건넸다.

"그래, 네가 수고가 많다."

박애자는 아무것도 묻지 않고 고개를 끄덕이면서 그의 인사를 받았다.

그녀는 김춘추를 믿었다.

"예화야, 너는 이리 와서 내 옆에 앉아라. 시간 되면 나랑 명상이나 하자꾸나."

"네."

이예화가 조용히 고개를 끄덕이면서 대답했다.

"너는 다녀와라."

김춘추에게 말한 박애자는 이예화를 바라보았다.

그런 그녀의 시선을 느꼈는지 이예화는 얌전히 고개를 끄덕였다.

"다녀와. 그동안 얌전히 집에 있을게."

그녀의 말에 김춘추는 다시금 미소를 지었다.

확실히 박애자의 말은 조용하면서도 힘이 있다. 무엇보다 이예화가 박애자의 말을 잘 따랐다.

김춘추는 두 여자에게 인사를 건네고는 관악산, 자신의 아지트로 향했다.

물론 판테온에 넘어가는 것은 굳이 그곳이 아니더라도 지금은 어디서든지 가능했다. 5개의 반지가 있기 때문이다.

하지만 김춘추는 그곳에서 넘어가기를 원했다.

반지의 힘이 작동할 때마다 흔적이 남는다.

비록 그것이 어떤 힘인지, 그 이유를 사람들은 모르지만 김춘추는 가능한 최대한 조심하기로 했다.

실지로 그의 직감은 정확했다.

장충동.

연. 지금의 신연천이 운영하는 연구소.

연구소 안에는 하얀 가운을 입은 사람들이 각자의 위치에서 바쁜 시간을 보내고 있었다.

그들은 각자가 맡은 최첨단 기기를 점검하거나 실험을 통한 자료들의 수치를 뽑아내는 등의 일들을 하는 중이었다.

"으아아, 아직도 모르겠다."

연구원 중 진이라는 자가 자료를 들여다보다가 지쳤는

지 투덜거렸다.

"나도 미치겠다."

컴퓨터 프로그래머인 지미가 옆에서 고개를 끄덕이면서 맞장구를 쳤다.

중국인 첸이 그런 그들을 매서운 눈빛으로 바라보았다. 하지만 딱히 뭐라고 하지는 않았다.

벌써 몇 년, 특히 첫 번째 이상이 있은 후로는 거의 밤낮을 가리지 않고 이 일에 매달리고 있지 않은가.

하지만 딱히 소득이 없었고, 위에서는 계속해서 질책이 떨어지고 있었다.

이대로 가다가는 장충동에 위치한 이 연구소에서 일하는 연구원 전원이 전부 해고당할 것이다.

그것을 알기에 연구원들 전부, 밤낮을 가리지 않고 일하니 압박감이 매우 심한 것은 사실이었다.

"관악산에 사람들 보냈어?"

첸이 일부러 업무 관련 질문을 했다.

"오늘 새벽부터 나가 있습니다."

연구원 진이 씁쓸한 미소를 지으며 대답했다.

그들이 감지한, 반물질 파장은 유독 관악산 근처에서 높게 출렁였었다.

물론 다른 곳에서도 그런 일이 생겼었다.

그럴 때마다 파장이 일어나는 특정 장소 부근에 사람들

을 보내서 그 일대를 샅샅이 조사했지만, 아무 단서도 찾을 수가 없었다.

어떠한 특이점도 발견되지 않았기 때문이다.

반물질 파장은 지구, 아니 전 우주에 존재한다.

우주의 약 23퍼센트를 차지하는 암흑 물질은 오직 중력을 통해서만 그 존재가 확인된다고 한다. 전파, 적외선, 가시광선, X선, 감마선 등과 같은 전자기파로도 관측되지 않고 오로지 중력을 통해서만 존재하는 것이다.

그런 암흑 물질을 유일하게 통과하는 것이 있으니, 바로 반물질 파장이다.

그것은 굉장한 일이다.

블랙홀보다 더 어둡고, 아무것도 알 수 없는 암흑 물질 안을 통과하는 반물질 파장.

창조의 시작점이라고 불리는 암흑 물질이 아닌가.

"반물질 파장을 알아낸 것만 해도 굉장한 거 아닙니까?"

지미가 약간은 볼멘소리로 말했다. 딱히 첸에게 하는 말은 아니었다.

"그렇긴 하지."

첸은 일부러 수긍을 했다.

다른 팀장들과는 달리 첸은 고압적인 상사는 아니다. 그는 사람들을 잘 달래 줄 줄 알았다.

"우리 팀이 그나마 다른 팀에 비해서 대우가 나은 것은 반물질 파장을 밝혀냈기 때문이지. 지미와 진, 두 사람의 공이야."

첸의 치하를 받은 지미와 진의 얼굴에 희색이 돌았다.

"반물질 파장, 상당히 매력적이지 않아? 과거에는 그 존재조차 몰랐지. 하지만 그로 인해서 우주가 생겨나고, 지구가 생겨나고, 우리 인간들조차 생겨났지. 반물질 파장은 어디나 있지만 어디나 없기도 하지. 그런데 그것이 갑자기 날뛴다? 궁금하지 않아?"

첸이 부드러운 어조로, 그러나 이들의 팀장 이전에 한 사람의 학자로서 호기심과 열정을 내비쳤다.

그의 말은 진과 지미에게 스며든다.

그들 역시 마찬가지다.

반물질 파장, 창조의 시발점을 몇 번이나 현장에서 목격한 셈이다.

그런데 아직까지 그것의 정체나 왜 일어났는지 등 아무것도 밝혀내지 못하고 있었다.

"며칠 후면 중국 팀이 이리로 온다는 거 알지? 내가 비록 중국인이지만 우리 팀이 밝혀낸 일을 뺏기고 싶지는 않다."

"저희들 역시 그렇습니다."

첸의 말에 진이 맞장구를 쳤다.

진과 지미, 그들의 얼굴엔 다시 각오가 서렸다.

중국, 본사에 있는 신연천의 연구소 팀원들이 이곳에 온다면 주객이 전도될 게 뻔하지 않은가.

그 전에 자신들이 밝혀내야 한다.

그들의 얼굴엔 비장한 각오가 서렸다.

그때, 갑자기 기기들이 심각하게 요동치더니 몇몇 컴퓨터들이 가동 중지되었다.

첸, 진과 지미뿐만 아니라 연구원들은 그 자리에서 발딱 일어났다.

반물질 파장.

필시 그것이 다시 기지개를 켠 것이다.

지미가 몇 달 고생해서 만들어 낸, 반물질 파장이 일어났을 때 꺼지지 않는 컴퓨터의 모니터를 들여다보면서 소리를 질렀다.

"이번엔 관악산입니다!"

지미의 말에 첸이 급하게 전화기를 들었다.

"관악산 팀, 확인해!"

그러고는 다시 팀원들을 바라보면서 고함을 질렀다.

"너희도 장비를 들고 관악산으로 가!"

그의 말에 진과 지미 등 연구원들이 일사불란하게 움직였다.

◈ ◈ ◈

김춘추는 자신의 아지트 속에서 조용히 명상을 했다. 몇 가지 생각해야 할 문제들이 있었다.

잠시의 시간이 흐른 후, 그는 감은 눈을 떴다.

이내 자신의 손가락을 들여다본다.

반지다.

한 개의 반지로 보이던 것이 5개로 분리되다 다시 한 개로 뭉친다.

김춘추의 의념에 따라 반지들이 작동하기 시작했다.

그리고 곧, 김춘추의 모습은 자취를 감추었다. 판테온으로 넘어간 것이다.

그가 사라진 후, 10여 분 뒤에 각종 장비를 등에 짊어진 사내들이 그 주변에 하나둘씩 나타났다.

그들은 손에 든 기기를 보면서 고개를 연신 갸우뚱거렸다. 혹시라도 놓친 것이 있는지 확인하기 위해서 장비들을 그 자리에 풀어헤쳐 놨다.

탐지기를 든 사내가 샅샅이 주변 일대를 훑고 지나갔다. 다른 이들도 바쁘기는 마찬가지였다.

그들의 행동은 일사불란하기만 하다.

"확실히 이곳 맞아."

한 사내가 단정 짓듯이 말했다.

"다른 곳보다 수치가 높아."

다른 사내도 맞장구를 쳤다.

"수치가 높은 걸로는 윗분들을 만족시킬 수는 없지. 반물질의 흔적은 완벽하게 찾아야 해."

팀장인 듯한 사내가 고개를 저으면서 말했다.

벌써 몇 번째인지 모른다.

엄청난 반물질의 파장이 휩쓸고 남은 그 자리를 샅샅이 뒤졌건만 그들의 장비로는 파장의 흔적, 아니 흔적이 있었다는 수치만 찾아냈을 뿐 원인을 전혀 알아낼 수가 없었다.

"여기 뭔가 있습니다!"

한 사내가 우뚝 솟은 바위들 앞에 서서 외치자 다들 그쪽으로 몰려들었다.

그들은 자신들의 장비로도 바위 앞을 조사했다.

"그냥 바위인데."

"바위 표면에는 아무런 변화가 없는데."

"이 안에서 파장의 수치가 제일 높습니다."

사내의 말에 팀장인 듯한 사내가 무전기를 꺼내 들고 무전을 요청했다.

"지원 바란다. 바위를 무너트릴 것이 필요하다."

◈ ◈ ◈

휘리리릭.

한바탕 광풍이 불고, 그 자리에는 커다란 나선형 회오리가 모습을 드러냈다.

이내 그 중심에서 김춘추를 토해 냈다.

"역시 엘르 호수군."

그는 눈을 들어 호수를 바라보았다. 말이 호수이지, 그 크기는 엄청나게 넓었다.

그때, 공간이 열리면서 아그레스가 툭 튀어나왔다.

"오오, 왔군용. 오홍홍."

"아그레스 님, 리디아는 어떻습니까?"

그녀를 보자마자 김춘추가 물었다.

"뭐 어떻겠습니깡? 똑같죠."

아그레스가 몸을 비비꼬면서 대답했다.

"그렇군요."

김춘추의 얼굴 위로 다소 실망의 빛이 떠올랐다. 하지만 이내 그 빛은 흔적도 없이 감추었다.

죽은 목숨이나 다름없는 것을 아그레스가 보살펴 주지 않았던가.

과한 관심은 오히려 독이 될 수가 있다. 드래곤의 변덕은 한순간에 어떻게 될지 모르기 때문이다.

"지구는 어땠엉?"

아그레스가 갑자기 지구에 대해서 물었다.

흠칫.

김춘추는 이상한 낌새를 눈치챘다.
'왜 지구에 대해서 묻지?'
"무슨 일 있었습니까?"
"무슨 일 있었징. 여기는 화산이 폭발하고 대지진이 난 곳도 있거등."
아그레스가 코를 킁킁거리면서 말했다.
"설마?"
"내 생각도 너와 같아앙."
"반지는 제시간에 찾았는데."
김춘추가 고개를 갸웃거리자, 아그레스가 그것도 모르냐면서 대꾸했다.
"제시간에 오지 않았잖아."
"제시간에 오지 않았다니?"
김춘추는 황당한 표정을 지었다.
지구에서 일주일, 판테온에서 한 달. 이것이 반지를 찾는 여정 중에 그에게 주어진 시간들이다.
이 시간 안에 지구에서 판테온, 판테온에서 지구로 넘어가면 차원의 균열이 일어나지 않는다.
이번에도 그는 일주일 안에 판테온으로 넘어왔다. 그런데 제시간에 오지 않았다니?
그 말의 의미에 김춘추는 다소 짜증이 올라왔다. 반지 찾기 규칙이 다시 바뀐 것이다.

"제가 얼마 만에 이곳에 온 겁니까?"

아그레스가 대답했다.

"1년."

"1년이라니!"

김춘추는 어이가 없어 소리쳤다.

지구의 일주일은 판테온에선 한 달이다. 그런데 그것이 바뀌었다.

1년의 시간이라니. 한 달이 무려 1년으로 바뀌어 버린 것이다.

그 얘기는 그가 다시 지구로 돌아갔을 때, 지구의 시간은 어떻게 흘렀을지 짐작할 수도 없다는 뜻이다.

"거기에서 무슨 일이 있었는 줄 알았징. 다행히 규칙만 바뀐 거구낭."

아그레스가 김춘추의 모습을 훑어보더니 안심했다는 투로 말했다.

"피, 피해가 심각합니까?"

김춘추가 걱정스런 눈빛으로 물었다.

자신 때문이 아니라고 해도, 어쨌건 간에 차원의 균열로 인해 판테온에 천재지변이 일어났으니 다소의 책임감을 느꼈던 것이다.

"대륙 위쪽은 좀 심각한가 보더라."

아그레스는 남의 일인 듯이 심드렁하게 대답했다.

"……."

김춘추는 고개를 끄덕였다.

아그레스의 말투로만 보면 별일 아닌 듯하지만, 그녀는 드래곤이다.

드래곤이 '심각'이란 단어를 쓴다는 것은 아주 큰 문제가 있다는 것을 의미했다.

'당장 시바 여왕을 불러야 하는데.'

김춘추는 속으로 생각했다.

이 사달의 주인공, 아니 적어도 문제점을 알고 있을 사람은 시바 여왕밖에 없다.

털썩.

김춘추가 그 자리에 주저앉았다.

"저 잠시 명상 좀 하겠습니다."

"오홍, 그래 봤자일 것 같지만, 난 착하니까 기다려 주징."

아그레스가 호호 웃으면서 말했다. 그러고는 용언으로 뭐라 중얼거리더니 이내 그 모습을 감추었다.

김춘추가 편하게 명상을 할 수 있도록, 그녀 식의 배려였다.

아그레스가 사라지는 것을 본 다음, 김춘추는 눈을 감았다.

◈ ◈ ◈

끝없이 이어지는 하얀 공간.

온 세상이 온통 하양기만 하다.

저벅저벅.

김춘추는 하염없이 그곳을 걷는다.

아무것도 없이.

사실 그는 자신이 앞으로 나아갔는지조차 가늠이 되지 않았다.

모든 것이 똑같다.

그저 하얄 뿐.

'내가 제자리걸음을 하는 게 아닐까?'

김춘추는 고개를 갸우뚱거렸다.

좀 전까지 그는 명상에 잠겨 있었다.

그러니 지금 그의 육체는 엘르 호숫가에 가부좌 자세 그대로 놓여 있을 것이다.

오롯이 그의 정신만 지금 이곳으로 옮겨진 것뿐이다.

하지만 이것은 그가 원한 것은 아니다. 그는 시바 여왕을 소환하려고 했을 뿐.

한데, 정작 그 자신이 낯설고 이질적인 곳에 떨어졌다.

아무 단서도 없는 곳.

벌써 얼마나 이곳을 걷고 있는 건지. 아니면 제자리걸음을 하고 있는 건지도 모른다.

"시바 여왕!"

김춘추는 소리를 질렀다.

-시바 여왕!

-시바 여왕!

-시바 여왕!

……

그러자 사방에서 메아리처럼 그의 목소리가 되돌아왔다. 김춘추의 귀에는 조롱처럼 들릴 지경이었다.

그는 아랫입술을 꽉 깨물었다.

털썩.

그 자리에 주저앉았다.

가도 가도 끝이 없다면, 가도 가도 같은 공간만이 펼쳐진다면 굳이 갈 필요가 있을까?

스르륵.

앉자마자, 그의 눈앞에 있는 하얀 공간 위로 무언가가 펼쳐진다.

'이런.'

김춘추는 그곳을 노려보았다.

마치 텔레비전 화면을 보는 것만 같다.

그리고 그 화면에서는 지구와 판테온 역사에 관한 것들이 계속해서 흘러나왔다.

지구의 탄생기이자 판테온의 탄생기.

최초의 암흑 물질에서 거대한 빅뱅이 일어난다. 그 빅뱅 속에 모습을 드러내는 조그만 암석.

그 암석이 갑자기 공처럼 부풀어 오르더니 2개의 쌍둥이 달걀처럼 분리되어졌다.

그리고 긴 시간이 흐른다.

그것들이 있는 공간에서는, 여기저기 툭툭 무언가가 생기더니 별들이 된다.

그 별들은 하나의 은하를 만들어 내면서 점점 우주의 모습을 갖추어 갔다.

그 중심에는 쌍둥이 달걀 같은 두 행성이 존재했다.

길.

모든 것은 각자의 길이 있다.

별들 역시 마찬가지였다.

별들의 길.

하지만 두 쌍둥이 행성은 길이 같다.

같은 길을 돈다.

같은 길을 도는 두 행성은 서로를 보지 못한다.

쌍둥이 별로 태어나 모든 별들의 어버이가 되었지만, 어쩔 수 없는 숙명이었다.

'어떻게 부딪치지 않을 수가 있지?'

김춘추는 화면을 뚫어지게 바라보았다.

그는 점점 흥미를 갖고 눈앞에 펼쳐지는 광경을 보고 있었다.

지구와 판테온이 모든 별들의 어버이라는 사실도 놀라웠다. 기존의 과학 상식은 몽땅 다 뒤집어지는 것만 같다.

암흑 물질에 대해서는 그 역시 존재조차 몰랐다.

비록 화면에서는 소리가 나오고 있지 않지만, 머릿속에 누군가가 들어앉아 설명해 주는 것처럼 또렷하게 눈앞의 장면들을 이해할 수 있었다.

'지구가 태양보다 나이가 많다니!'

김춘추는 자신도 모르게 감탄했다.

'암흑 물질, 도대체 그것이 무엇이기에.'

순간, 김춘추의 눈앞에 펼쳐진 장면이 바뀌더니 화면에는 온통 투명한 무언가가 둥둥 떠다닌다.

'암흑 물질?'

김춘추는 고개를 끄덕였다.

자신의 의문에 화면이 대답을 한 것이다.

'인간이 알아낼 수 있는 최후의 파장이라고?'

김춘추는 신기한 듯이 눈을 동그랗게 떴다.

암흑 물질. 투명한 그것의 모습은 일정하지 않았다.

나선형의 회오리처럼 보이더니 이내 히란야의 모습, 만의 모습, 다윗의 별이라고 알려져 있는 2개의 삼각형이 겹쳐진 육각형의 모습, 펜타그램으로 알려져 있는 오각형의 모습 등으로 끊임없이 그 형체를 변화시키고 있었다.

신비의 종교 집단에서 자신들의 상징으로 그려 내고 있는 각종 문양들. 그 문양들이 상징하는 바는 전부 암흑 물질인 셈이었다.

'아하.'

김춘추는 슬며시 미소를 지었다.

인간들은 이미 알고 있었다.

암흑 물질의 존재를, 그 창조의 힘을.

그것들을 오래전부터 사용한 셈이었다.

물론 판테온도.

그들 자신조차 모르고 사용한 셈이다. 그 힘의 원천이 바로 암흑 물질이었다.

창조의 힘, 암흑 물질.

모든 우주를 낳고 모든 질서를 만드는 힘이 이 암흑 물질에서 기인한다.

'이것을 왜 나한테 보여 주지?'

김춘추는 문득 또 다른 의문이 생겼다.

그는 어디까지나 지구와 판테온의 수호자 후보였다.

"기본이죠."

갑자기 김춘추의 등 뒤에서 시바 여왕의 목소리가 들렸다.

벌떡.

김춘추가 자리에서 일어나 몸을 돌렸다. 그곳엔 시바 여왕이 빙그레 미소를 지은 채 서 있었다.

"곧 저를 죽일 것처럼 노려보시네요?"

"갑자기 웬 존댓말입니까?"

김춘추가 어이없다는 듯이 물었다.

"이제 여섯 번째 반지를 찾으시는 분이시니, 당연히 존중해 드려야죠."

시바 여왕이 정중하게 대답했다.

"7개의 반지를 전부 찾는다고 해도 저는 수호자가 될 마음이 없습니다."

김춘추는 딱 잘라 말했다.

"그거야 모르죠."

시바 여왕이 고개를 저었다.

김춘추는 어이없다는 미소를 지었다.

맘대로 생각하라지.

그는 절대로 수호자든 문지기든, 두 차원의 일에 관계하고 싶지 않았다.

인간들의 일도 참견하고 싶지 않는 마당에, 두 차원까지 신경 쓴다는 것은 질색이다.

게다가 방금 전 화면에서 보여 준 내용대로라면 적어도 이 우주의 모태는 지구와 판테온이다.

그게 가능한지 어쩐지를 떠나서 말이다.

별들의 아버지인 셈이다.

그러니 별들의 아버지를 관리하는 것은 곧 우주를 관장하는 것과 같다.

그런 책임감은 딱 질색이었다.

그저 자신의 환생, 그 비밀만 알면 그만이다.

그런데 아직까지 그 자신의 환생에 얽힌 단서는 찾지 못하고 있었다.

아니, 이제 막 그 단서에 접근 중이었다.

하지만 그것은 차원의 수호자 후보가 벌이는 반지 찾기와는 무관한 일이었다.

"정말 무관할까요?"

시바 여왕이 여전히 미소를 지은 채 말을 이었다. 그의 생각을 전부 읽는 눈치였다.

"이곳이 제 머릿속입니까?"

시바 여왕의 말에 김춘추는 그제야 하얗고 텅 빈 그 끝없는 공간이 자신의 머릿속, 정신 안임을 깨달았다.

모든 정보는 자신에게 있었다.

암흑 물질에 관한 것도.

"어떻게 제가 암흑 물질에 대해서 알 수가 있죠?"

"누구나 그래요."

시바 여왕이 연이어 말했다.

"모든 존재, 아니 모든 것은 암흑 물질에서 태어났어요. 그러니 그 코드를 담고 있는 것은 당연한 거죠."

그녀의 말에 김춘추는 고개를 끄덕였다.

"그렇겠군요. 그건 좋습니다."

그는 자신이 시바 여왕을 찾던 목적을 떠올리면서 화제를 돌렸다. 그러자 시바 여왕이 먼저 선수를 쳤다.

"제게 화가 나셨군요."

"판테온에 천재지변이 일어난 것은 아십니까?"

"저기를 보세요."

시바 여왕이 화면을 가리켰다. 그에 김춘추의 눈길이 자연스럽게 화면으로 향했다.

화면에는 그가 없던 1년의 시간 동안, 판테온에서 일어난 일이 펼쳐지고 있었다.

암흑 물질, 반물질 • 245

주로 사이온 대륙과 접한 북쪽의 대륙에 집중해서 천재지변이 벌어졌다.

대규모의 쓰나미가 우르비노 제국 등 해변에 접한 나라에 닥쳐왔다. 그것은 수없는 수재민을 낳았고 수많은 생명을 앗아 갔다.

어디 그것뿐인가.

휴화산이던 화산까지 폭발했다. 한순간의 일이었다.

"으음."

김춘추는 침울해졌다.

비록 자신이 저지른 일은 아니지만 무고한 생명이 사라진 것이 안타까웠다.

"도대체 규칙이 왜 변했습니까?"

김춘추는 다시 시바 여왕에게 따져 물었다.

"방금 전 본 반물질의 노출과 관련이 있어요. 정확하게는 인간의 이기심 때문이죠."

"인간의 이기심?"

"암흑 물질을 건드렸어요. 절대 건드려서는 안 되는데."

시바 여왕이 안타까운 듯이 대답했다.

"누가 그런 짓을 합니까?"

"지… 구."

시바 여왕의 말에 김춘추가 재차 물어 왔다.

"저 때문입니까?"

"당신 탓은 아닙니다. 하지만 당신이 관련은 있네요."

"무슨 소리입니까?"

"곧 알게 되겠죠."

시바 여왕이 속삭였다.

"이젠 어떻게 합니까?"

"빨리 나머지 반지를 찾아야 하지요."

계속되는 김춘추의 물음에 시바 여왕이 단언하듯이 대답했다.

"연속해서 찾으라는 겁니까?"

"이대로 갔다가는 지구에 사는 인간들이 무슨 짓을 할지 몰라요. 그 전에 반지 찾는 여정을 마쳐야 합니다. 암흑 물질이 활성화된 건 반지를 찾는 여정 때문이에요."

"아."

김춘추는 짧게 침음을 흘렸다.

반지 찾는 여정만 없었더라면, 암흑 물질은 몰라도 적어도 반물질의 존재를 인간들이 알아내지 못했을 것이다.

인간은 그렇다.

끝없이 탐구하고 앞으로 나가기를 바란다.

그 덕에 인간의 문명은 발전했다.

하지만 그만큼 수많은, 보이지 않는 것들을 놓쳤다.

지구의 어떤 인간들이 반물질을 찾았는지는 관심이 없다.

필시 과학자라는 집단이겠지. 그들은 끝없이 우주의 비밀에 도전하고 있었으니까.

"제가 이곳에 있는 동안 지구의 시간은 어떻게 됩니까?"

김춘추가 조심스럽게 물었다.

할머니 박애자만 없다면 지구로 돌아가지 않아도, 아니 시간이 얼마나 흘러도 상관없다.

친우들이 그립기는 하나, 그들 역시 자신들의 앞가림을 잘하는 사람들이다. 이번 생에 보지 못한다고 해도 다음 생에서는 인연이 생기겠지.

하지만 박애자는 다르다.

그리고 지구의 시간이 늘어지는 것도 문제다.

박애자가 앞으로 얼마나 더 살지, 그것은 아무도 모르는 문제가 아닌가.

"암흑 물질이 지금 활성화된 상태에서 반물질이 노출됐어요."

시바 여왕이 미안하다는 듯한 표정을 지었다.

"알 수 없다… 이거군요?"

김춘추가 시바 여왕을 바라보았다.

그녀에게 더 뭐라 할 마음도 생기지 않는다.

시바 여왕이 고개를 끄덕였다.

"당신 대에서는 문제가 없었습니까?"

김춘추의 질문에 시바 여왕이 고개를 저었다.

"그러면 앞서간 수호자들 중 이런 일이 생긴 적은 없습니까?"

연이어 들려오는 질문에 시바 여왕이 뭔가 생각났는지 흠칫거렸다.

"그것이 리디아의 그분과 관련이 있습니까?"

"오, 저는 더 이상 말할 수 없어요."

시바 여왕이 당황한 표정을 지었다. 김춘추의 질문이 예리했기 때문이다.

하나의 단서, 파편을 통해서 전체를 추리하는 능력이 탁월한 김춘추였다.

그는 가만히 고개를 끄덕였다. 애꿎은 시바 여왕을 더 추궁해서 얻을 것이 없다.

자고로 수호자의 자리는 입이 무거워야 한다.

그쯤은 알고 있다.

시바 여왕이 지금 저런 태도를 취하는 것조차 그녀의 자비다. 적어도 그녀는 자신의 위치에서 허락되는 영역까지 김춘추에게 힌트를 주고 있었다.

리디아의 그분, 지그에논 제국 최초의 황제이자 두 세계의 수호자였던 그분 때도 지금과 같이 활성화된 암흑 물질 안에 있는 반물질이 노출되는 사태가 벌어졌을 것이다.

필시 그것 때문에 수호자는 판테온에서 지구로 되돌아갔을 것이고, 다시 지구에서 판테온으로 넘어왔다.

그 이후의 종적은 알 수가 없다. 다시 지구로 넘어갔을지도 모른다.

어쨌든 간에 반물질의 노출을 막았을 테지.

이제 다시 그 일이 벌어지고 있다.

시바 여왕의 말대로 나머지 2개의 반지를 빨리 찾는 것이 그가 할 수 있는 최선의 일이었다.

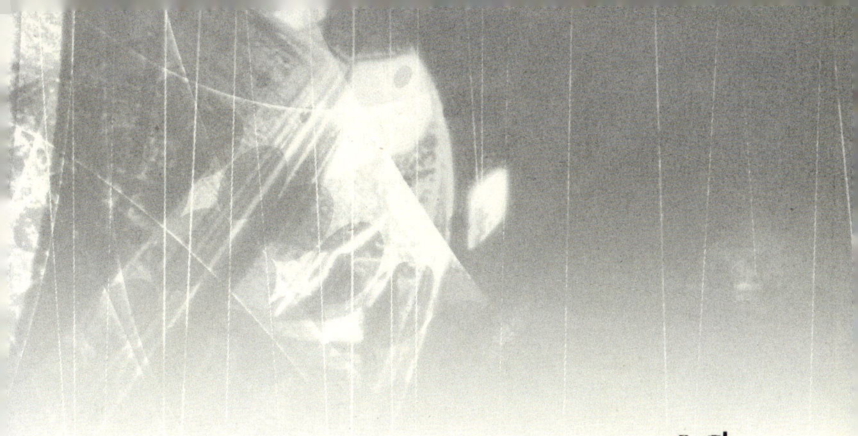

제9장

리스트란 공작가의 비밀

김춘추는 커크 상단 일행과 만났다.

그들 가운데는 대마법사 트리니 트러클 피센도 있었다.

"가신 일은 잘되셨습니까?"

김춘추가 인사를 건네면서 묻자, 대마법사가 미소와 함께 말했다.

"자네 도움을 기다리고 있었네."

일행 역시 궁금하다는 표정을 지었다. 다들 김춘추가 오기를 목을 빼고 기다리고 있었던 것이다.

김춘추는 잠시 고개를 저으려다가 말고 머릿속에서 떠오르는 한 줄기의 생각에 멈칫거렸다.

여섯 번째 반지, 대마법사가 찾는 8서클의 비밀이 담긴 책과 관련이 있다.

그냥 안다.

늘 그랬다. 반지는 그를 부른다.

"리스트란 공작이 협상을 걸어왔네."

대마법사가 난처한 표정을 지으면서 김춘추를 바라보았고, 김춘추가 그런 대마법사를 향해 빙그레 웃었다.

"공작가에서 협상을 한다라……."

그의 말에 대마법사는 고개를 끄덕이면서 말했다.

"날 설득시키기 위한 것만은 아니네."

김춘추는 그의 다음 말을 기다렸다.

그의 예상대로라면 리스트란 공작은 어떠한 문제에 처해 있다.

"리스트란 공작은 황제도 될 수 있었던 사람일세."

대마법사가 일행을 보면서 말을 꺼냈다.

일행 얼굴에 호기심이 솟구쳤다.

"선선대 황제의 제1황비였지. 안타깝게도 자식을 낳지 못해서 결국 2황비가 먼저 아들을 순산하는 바람에 2황비로 떨어졌지만."

"리스트란 공작은 그 일을 아직도 마음에 품고 있죠."

캘리 공녀가 중간에 끼어들었다.

그녀는 알 수 있다.

리스트란 공작이 얼마나 황제가 되고 싶어 하는지, 황좌에 집착하는지.

 황제 앞에서는 굽실거리고 있지만, 그의 눈에는 야망이 가득하다.

 이미 황제도 알고 있을 것이다.

 젊은 황제가 수많은 후처들 중 가장 뛰어난 미모를 자랑하는 자신을 쳐다보지 않는 것만 봐도 알 수가 있다. 리스트란 공작에게 힘을 주지 않기 위해서다.

 젊고 잘생긴 황제의 사랑을 받지 못한 것은 순전히 리스트란 공작의 야망 때문이라고 캘리 공녀는 생각하고 있었다.

 처음 그를 황궁에서 보던 날.

 캘리 공녀는 자신이 리스트란 공작의 양녀가 된 것을 처음으로 행운이라고 생각했다. 한눈에 젊은 황제를 사랑하게 된 것이다.

 하지만 그 사랑은 기약 없는 시간 속에서 독으로 변해 버렸다.

 더구나 그녀에게도 리스트란 공작가의 피가 흐르는 까닭에 마냥 바라보는 짝사랑 따위는 미련 없이 꺾었다. 그 대신 자유로운 새가 되기로 결정하지 않았던가.

 그 덕분에 지금 커크 상단의 멤버가 되어 이 자리에 있다. 그리고 아이러니하게도 지금 리스트란 공작가에 대해서 커크 상단 일행이 토론하고 있다.

필시 공작가로 가야 해결되는 문제일 것이다.

캘리 공녀의 얼굴에는 복잡한 빛이 떠올랐다. 김춘추는 그런 캘리 공녀와 대마법사를 번갈아 바라보았다.

대마법사가 재빨리 대화를 이끌어 나갔다.

"리스트란 공작이 살아날 수 있었던 것은 황제가 당시 공작의 어머니, 2황비가 된 그녀를 무척 아끼고 사랑했기 때문일세. 그 대신 공작에게 금제를 걸었지. 그 금제에 동참한 것이 나일세. 당시 나는 막 7서클에 올라 자만심이 하늘을 찌르고 있었지."

대마법사가 캘리 공녀를 바라보면서 미안한 표정을 지었다. 따지고 보면 그가 미안할 일은 전혀 없었지만 말이다.

"금제를 풀어 달라던가용?"

아그레스가 툭 질문을 던졌다.

"그렇습니다."

그러자 대마법사가 예의 바른 어조로 아그레스의 말에 대답했다.

"금제를 풀어 줄 건가용?"

아그레스가 또 물었다. 이번에는 대마법사의 얼굴에 난처한 빛이 떠올랐다.

"가문의 후손들 때문입니까?"

그때까지 조용하던 루돌프가 질문을 했다.

평소의 루돌프라면 대화에 끼어드는 법이 없다. 하지만

리스트란 공작에 대한 이야기다 보니 그도 적극적인 태도를 취하고 있었다.

"그건 아니지. 후손들 가지고 날 위협할 수는 없지."

대마법사가 단호하게 말했다.

"8서클 때문이군요."

김춘추가 그럴 줄 알았다는 투로 말하자, 대마법사가 조금은 뻘쭘한 태도로 대꾸했다.

"저의 8서클에 대한 열망은 잘 아시지 않습니까? 마법사라는 족속들이 원래 그렇습니다. 과거 지그에논 제국을 열었던 위대한, 그 이름도 담기 어려운 9서클의 대마법사가 대륙 전체에 걸어 놓은 금제를 8서클에 오르면 어느 정도는 풀 수 있을지도 모릅니다. 이것은 모든 마법사들이 평생을 마탑에서 마법 연구에만 바치는 이유이기도 합니다."

"금제요?"

대마법사의 말에 김춘추는 호기심이 동했다.

리디아의 그분에 대한 이야기다. 그가 대륙의 유일한 9서클 마법사라는 이야기는 이미 들은 적이 있었다.

"판테온은 마나가 풍부합니다. 그런데 마법사가 되는 것은 무척이나 어렵습니다. 왜 그런지 아십니까?"

대마법사가 다소 격앙된 표정으로 말했다.

김춘추는 그의 말속에서 금제가 무엇인지 깨달았다.

필시 리디아의 그분, 최초의 9서클 대마법사는 대륙 전체에 마법사가 되는 길을 더디게 하는 마법을 걸어 둔 것이다.

아그레스와 퍼거슨 씨가 서로를 바라본다. 둘 사이에 뭔가의 대화가 오고 간 것이 틀림없다.

드래곤들은 웬만하면 인간사에 간섭하지 않는다.

김춘추가 반지를 찾는 여정 속에 있을 때, 이들은 동행만 했지 특별히 사건에 영향을 끼치는 행동들은 하지 않았다.

어쩌면, 이들이 폴리모프하고 드래곤의 유희를 즐긴다고 하는 말들은 전부 변명거리일지도 모른다.

드래곤의 감시자.

이 둘은 그 역할을 하고 있을지도.

두 드래곤의 모습을 보던 김춘추의 뇌리에 뭔가 퍼뜩 떠올랐다.

리스트란 공작과 여섯 번째 반지, 그리고 8서클의 정수가 담긴 책.

이것이 과연 우연일까?

대륙 전체에 걸린 금제를 푸는 일에 한 걸음 다가서는 것이다.

"금제가 풀리면 어떻게 되죠?"

김춘추가 퍼거슨 씨를 보면서 물었다.

"허흠, 글쎄… 모르겠는데."

퍼거슨 씨는 헛기침을 하면서 능청스럽게 대꾸했다.

"소녀도 모르겠쏘용."

아그레스가 몸을 비비 꼬면서, 평소보다 심한 비음 섞인 목소리로 말했다.

김춘추는 그런 아그레스의 그 모습에 오히려 확신을 가졌다.

두 드래곤은 염려를 하고 있다. 하지만 간섭할 수 없다.

대륙 전체, 인간들의 일은 두 드래곤의 문제가 아니다. 아니, 비단 두 드래곤뿐만 아니라 전체 드래곤들 누구도 관심 없을 것이다.

이들의 염려는 친해진 인간들, 커크 상단 일행에 대한 관심과 애정일 뿐이다. 딱 그 선일 뿐.

필시 이 일은 위험하다.

아니, 반지 찾는 여정 자체가 이미 두 세계를 위협하는 문제였던 것이다.

주어진 시간 안에서 반지만 찾는다면 별문제 없을 것이라고 생각했던 일이 점점 커진다. 예기치 못한 사건이 그의 앞에 모습을 드러낸다.

그리고 이제는 그 크기를 짐작할 수 없는 거대한 일들이 그의 앞에 놓여 있다.

도대체 반지 찾는 것이 뭐 이리 어려울까.

시바 여왕, 차원의 수호자들은 도대체 무엇을 숨기고 있다는 말인가.

김춘추의 이마 위로 굵은 주름살이 졌다.

"리스트란 공작이 자신의 금제를 풀어 주는 조건으로 8서클의 정수가 담긴 책을 순순히 내어 줄까요?"

"순순히 내어 줄 수밖에 없네."

대마법사가 자신 있게 확신을 했다.

"그 이유는요?"

김춘추가 재차 물었다.

"그가 책을 가지고 있는 것은 아닐세."

"그렇다는 것은?"

"그 장소를 안다는 것뿐이네."

"그렇다면 그의 말을 어떻게 믿을 수가 있습니까?"

"믿을 수밖에."

대마법사는 확신 있는 어조로 말했다.

김춘추의 얼굴에 의아한 표정이 떠올랐다.

"리스트란 공작의 어머니, 1황비였던 그분은 지그에논 제국의 공주였었네."

김춘추의 의문을 풀어 주기 위해서 대마법사는 재빨리 말을 이었다.

"지그에논!"

"지그에논."

김춘추와 캘리 공녀가 동시에 소리쳤다.

"황비가 지그에논 공주라는 것은 당시 사람들은 다 아는 일이지만, 오랜 세월 속에 이제는 다들 기억 속으로 묻혀 버렸지."

대마법사가 보충 설명을 했다.

"외국으로 시집가는 딸에게 왜 그 책을 주었을까요?"

김춘추는 아직도 믿기지 않는다는 듯이 중얼거렸다.

"리스트란 공작에게 들은 바로는 시집가기 전이 아닌 시집간 후일세."

그런 김춘추의 의문을 풀어 주기 위해서 대마법사는 계속해서 말했다.

"리스트란 공작에게 금제를 걸었지 않은가? 황비는 자신의 아들에게 금제를 거는 것에 동의하지 않았지. 아마도 그때, 지그에논으로 가서 그 책을 가져왔다고 하네."

"이해가 되지 않아요."

캘리 공녀가 고개를 저으면서 대마법사를 바라보았다.

대마법사가 부드럽게 미소를 지었다.

"말해 보게나."

"그 책이 있는 곳을 가르쳐 준다고 했는데, 만약 대마법사님께서 8서클의 위치에 오르면 공작에게 위험한 적이 되는 거 아니에요? 왜 그런 무모한 짓을 하죠?"

"이렇게 정리해 주지. 첫째, 리스트란 공작은 금제를 풀어 주어야 8서클의 책이 있는 곳을 가르쳐 주는 거지. 자신의 힘으로 현재의 황제를 무너트릴 수 있다고 생각하는 모양일세. 실제로 루머스 제국 내외로 리스트란 공작의 힘이 막강하니까. 둘째, 8서클의 책이 있는 곳을 가르쳐 주어도 내가 그것을 얻지 못할 가능성이 더 높다고 공작은 판단하는 것일세."

"물론 한 서클의 단계를 오르는 것은 몹시 어렵다고 듣긴 했지만, 8서클의 정수가 담긴 책이 있다면 7서클의 대마법사님 정도면 몇 년 고생하신다고 해도 성취가 가능하지 않습니까?"

루돌프가 끼어들었다. 그의 얼굴은 몹시 상기되어 있었다.

"물론 그렇게 생각할 수 있지. 하나, 공작은 내가 그 책에 닿지도 못할 거라고 판단하는 걸 테지."

말을 하며 부드럽게 미소를 지은 대마법사가 김춘추를 바라보았다.

"그리고 공작의 생각은 정확하네. 내 힘만으로는 난 그 책을 손에 넣을 수 없네. 그래서 자네들의 힘이 필요한 거야. 하나의 손이라도 더 모아야 할 형편이네. 하지만 비밀이 요구되지."

"누군가 그 사실을 알게 되면 파장이 커지겠군요."

김춘추의 말에 대마법사가 고개를 끄덕였다.

"대륙엔 흑마법사 집단도 있네. 이들은 매우 무서운 자들이지. 하지만 이들뿐 아니라 마법사라는 족속들이 다 그러네. 상위의 마법 정수만 손에 넣을 수 있다면 그 어떤 대가를 치르더라도 도전하는 법이지."

대마법사의 말을 듣던 모두가 고개를 끄덕였다.

리스트란 공작의 협상을 받고도 대마법사가 김춘추가 올 때까지 침묵을 한 이유일 게다.

"공작도 참 지독하네."

캘리 공녀가 혀를 내둘렀다.

애초에 그런 사람인 줄은 알았지만, 대마법사에게 이야기를 듣고 보니 그보다 더하다는 생각이 들었기 때문이다.

8서클의 정수가 담긴 책이 있는 곳을 아는데 그 수십 년을 침묵 속에 있었다니.

정말이지 황제가 되고 싶긴 싶었나 보다.

"하지만 대마법사님, 대마법사님이 그 책을 찾는 데 실패하고 다른 마법사에게 발설할 수도 있지 않습니까?"

루돌프가 재차 물었다.

"루돌프 군, 자네의 질문은 마법사의 생리에 대해서 잘 몰라 하는 것일세. 난 자네들이 없었더라면 이 비밀은 아마 무덤까지 가지고 갔을 거네. 그동안 계속해서 연구하겠지. 그 책을 손에 넣을 수 있는 방법을."

"하긴 그렇겠지만, 다른 6서클 마법사 몇 명과 협동하면 되잖아요?"

이번엔 캘리 공녀가 질문했다.

"물론 그럴 수도 있지. 하지만 7서클의 마법사가 되고 보니 조심성이 생겼네. 흑마법사들이 만약 7서클, 8서클 대마법사가 된다면 대륙은 어떻게 되겠나?"

"아……."

그제야 대마법사의 말이 이해가 되는지 캘리 공녀가 고개를 끄덕였다.

그리고 대마법사가 이들 일행에게 이 이야기를 털어놓은 것은 굉장한 영광이라는 생각도 함께 들었다.

그만큼 믿음을 갖고 있는 것이다.

"아까 대륙 전체에 마법에 대한 금제가 있다면서요? 대마법사님이 8서클이 된다면 그 금제를 어느 정도 풀 수 있게 되는데, 대륙 전체에 격동이 생기지 않겠습니까?"

"무조건 그 금제를 풀려고 하지 않겠네. 비록 내가 마법사이기는 하나 7서클이 위험한 것처럼 그 상위의 마법들이 위험하다는 것쯤은 잘 알고 있네. 그래서 7서클의 마법사가 된 이후, 코르스 산으로 숨어 버린 것일세. 대륙사에 관여하지 않기 위해서. 이 정도면 8서클의 정수가 담긴 책을 취득할 수 있는 자격은 되지 않겠나? 나 스스로는 충분히 된다고 믿네."

대마법사가 조심스럽게, 그러나 당당한 어투로 일행을 보면서 단언했다.

순간, 모두가 고개를 끄덕였다.

대마법사의 말은 설득력이 있었다.

그가 금제를 푼다고 결정해도 할 말은 없다. 필시 모두에게 도움이 되는 방향이 될 테니 말이다.

김춘추 역시 여섯 번째 반지를 찾는 일에 8서클의 정수가 담긴 책이 관련되어 있는 까닭에 어쩔 수 없이 동의했다.

물론 그의 마음 한편에는 무언가 위험신호가 올라오고 있었다. 하지만 또 다른 면에서는 흥분감마저 일었다.

정확하게 뭐라고 말할 수는 없지만, 그 무언가에 한 발자국 다가서는 기분이었다.

"여섯 번째 반지는 필시 그 책과 관련이 있습니다."

김춘추가 일행에게 실토했다.

그의 말에 대마법사는 기쁨을 감추지 못했다.

"리스트란 공작의 이야기는 전부 사실이었군. 난 그의 말보다 자네의 직감을 믿네."

"한 가지 걱정스러운 것은 리스트란 공작의 몸에 걸린 금제를 풀어 준다는 겁니다."

김춘추가 캘리 공녀를 힐끔 쳐다보면서 말을 이었다.

"루머스 제국을 삼키려 하겠지."

대마법사가 관심 없다는 투로 내뱉었다.

"어차피 저와는 상관없는 곳입니다."

그렇게 말한 김춘추는 이번에는 캘리 공녀를 바라보며 물었다.

"상관없으시겠습니까? 명색이 루머스 제국의 황제는 당

신의 남편이기도 합니다."
"흥, 그까짓 황제 따위!"
캘리 공녀가 콧방귀를 뀌었다.
"좋습니다. 금제를 풀게 되면 루머스 제국은 내란에 휩쓸릴지도 모르겠군요. 그사이 저희는 그 책을 속히 찾아서 이 나라를 떠나죠."
김춘추의 말에 커크 상단 일행 모두가 고개를 끄덕였다.
김춘추는 일행 틈에서 연신 무언가 생각에 잠긴 김한기를 힐끔 쳐다보았다.
그는 여태껏 대마법사에게 아무런 질문도 하지 않았다. 그것은 평소의 그답지 않았다.

◈ ◈ ◈

"무슨 지하실이 이렇게 깊어?"
어둠 속을 걸으면서 아그레스가 짜증을 냈다.
"그러게, 왜 따라오셨습니까?"
김춘추가 차분한 어조로 묻자, 아그레스가 단번에 말투를 바꿔 대답했다.
"호위해양징."
'정말 적응 안 돼.'
둘의 대화를 들으며 캘리 공녀는 속으로 생각했다.

아그레스뿐만 아니라 그녀의 얼굴에도 짜증이 피어올랐다.

벌써 몇 시간째 지하로 내려가는 계단을 걷고 있는지 모른다. 마음 같아서는 마법으로 공간 이동하고 싶지만, 마법이 듣지 않는다. 그리고 아그레스나 퍼거슨 씨 역시 마법을 사용하지 않았다.

'사용할 수 없다고 했지.'

캘리 공녀는 두 드래곤의 말을 떠올리고는 고개를 갸웃거렸다.

드래곤이 이까짓 인간이 만든 지하 던전 같은 곳에 자신들의 힘을 사용할 수 없다는 것은 뭔가 말이 되지 않았다. 그리고 보니 김춘추가 관련된, 반지에 관한 곳에서는 두 드래곤들은 힘을 쓰지 않는다.

'차원의 문지기라는 직책 때문인가?'

김춘추를 따라다니다 보니 캘리 공녀도 어느 정도 반지에 대해서 눈치가 생겼다. 두 드래곤의 행동도.

어쨌거나 두 드래곤마저 힘을 써 주지 않으니 별 도리가 없다. 육체가 고생할 뿐.

"공작님은 어떻게 됐을까?"

루돌프가 캘리 공녀 뒤에서 속삭였고, 캘리 공녀는 심드렁하게 대꾸했다.

"뻔하지."

"정말 반란을 일으킬까?"

루돌프는 염려스러운 듯이 재차 말했다.

겉으로는 아무렇지도 않은 척하지만, 자신의 여동생이 황제를 바라보던 과거의 눈빛을 그는 잘 안다.

"우리 나올 때 못 봤어? 기사단장들 집합시키는 거."

캘리 공녀가 괜스레 루돌프에게 짜증을 내면서 툭 내뱉었다.

흠칫.

그녀의 말에 루돌프는 잠시 정적을 두었다.

"황제가 어떻게 돼도 걱정 안 할 거지?"

김춘추가 루돌프의 마음을 대변한다는 듯이 물었다.

그가 자신의 여동생을 진심으로 걱정하고 있다는 것을 잘 안다.

리스트란 공작의 반란은 두 사람에게 아주 지대한 영향을 미칠 것이다.

비단 신분 문제뿐이 아니다.

김춘추는 리스트란 공작이 이들 일행에게 8서클의 정수가 담긴 책이 잠들어 있는 지하 던전을 안내하면서 캘리 공녀를 바라보던 눈빛을 보았다.

그것은 욕정이었다.

필시 황좌를 차지하면 캘리 공녀를 가만두지 않을 것이다. 양녀라는 신분이야 언제든 파쇄하면 그만이다. 어차피 전쟁에서 진 패자 쪽은 그 가족까지 전부 참수당하거나 노예로 전락하기 마련이다.

물론 같은 황족들이니 그렇게까지 하지 않는다고 해도, 리스트란 공작은 매우 잔인하고 야비한 사람이니 황제의 후비들과 관련된 가문들을 가만두지 않을 것이다. 불순하고 위협적인 싹은 미리 자르겠지.

김춘추는 그간 캘리 공녀나 루돌프, 혹은 떠돌면서 입수한 정보 등과 오늘 아침에 직접 마주친 리스트란 공작의 모습에서 그가 어떤 사람인지 정확히 꿰뚫어 보았다.

앞으로 그가 황좌를 차지하면 루머스 제국에 어떤 피바람이 불지도.

너무도 뻔했다.

"루머스 제국 따위는 이제 관심 없어. 난 그냥 양아빠에게 마법이나 배우면서 조용히 살래."

캘리 공녀가 딱 잘라 말했다. 자신의 미래에 대해서 이미 심사숙고한 모양이었다.

"우리는 네 결정을 지지해."

김춘추가 부드럽게 말했다.

"참, 대마법사님, 감사해요."

캘리 공녀가 무언가 생각난 것처럼 말을 꺼냈다.

"나에게 감사하지 말고 김춘추 경에게 감사하도록. 그가 나에게 미리 귀띔을 했지. 리스트란 공작에게 이번 던전 행에 캘리 공녀의 힘이 꼭 필요하다고 말이지."

대마법사가 인자한 미소를 지었다.

"아, 두 사람 모두 감사해요."

캘리 공녀가 감사의 대상을 바꿔서 인사를 했다.

그녀 역시 던전 행에 함께하고 싶었다. 그러나 리스트란 공작을 마주쳐야 하는 것이 큰 문제였다.

그때, 김춘추가 당당하게 마주치라고 조언했다.

이제 보니 그 이유를 알 것 같았다. 사전에 대마법사와 말을 맞춘 모양이었다.

그 바람에 리스트란 공작은 캘리 공녀를 눈앞에 두고도 아무런 말을 하지 않았다.

하긴 리스트란 공작 입장에서는 이 일행이 던전에서 실패하고 나오면, 그때 캘리 공녀를 잡아채도 문제가 없었기 때문이다.

이들이 던전에 들어간 이후, 던전 입구에 병사와 기사들을 무장한 채 배치해 둔 것만 보아도 알 수가 있다.

물론 7서클의 대마법사가 쉽게 캘리 공녀를 내줄지 안 내줄지는 미지수지만, 나름 또 다른 수가 있겠지.

◈ ◈ ◈

한바탕 정적이 찾아왔다. 다들 힘을 비축하기 위해서라도 말수를 아꼈기 때문이다.

끝없이 이어지는 나선형 계단.

한 치 앞도 보이지 않는다.

몇 시간째, 어쩌면 하루가 지났을지도 모른다.

하지만 이곳은 햇빛조차 통하지 않으니 얼마나 시간이 흘렀는지 짐작도 하지 못했다.

대마법사의 얼굴에는 지친 기색이 역력했다.

마법을 사용 못하니 7서클의 대마법사라고 해도 별수가 없었다.

그나마 코러스 산에서 살다 보니 체력이 좋아진 덕분에 꽤 오래 버티고 계단을 내려갈 수 있었다. 하지만 그마저도 거의 바닥이 나고 말았다.

어쩌면 이런 사정을 알고 있기에 리스트란 공작이 순순히 지하 던전을 가르쳐 준 게 아닐까?

캘리 공녀는 그런 생각마저 일었다.

어렸을 때부터 오빠 루돌프를 쫓아다니면서 무술에 단련된 그녀마저도 서서히 체력에 한계가 오고 있었다.

오빠인 루돌프도 마찬가지였다.

두 드래곤과 김춘추, 그리고 김한기만이 지친 기색 없이 계속해서 아래로 내려가고 있었다.

김춘추는 김한기를 조용히 바라보았다. 물론 어둠 속에서 진짜 그의 얼굴이 보일 리는 없다.

"내 얼굴에 뭐가 묻었어?"

김한기가 툭 내뱉었다.

그 역시 김춘추가 자신을 보고 있다는 것을 어둠 속에서도 감지한 듯했다.

"체력이 좋아졌네?"

"마나 덕분이지."

김한기가 자랑스럽다는 식으로 대꾸하자, 김춘추가 의문을 품고 물었다.

"마나? 여기서는 마나가 작용하지 않는데?"

"이 형님은 특별하시잖나."

김한기가 우쭐거렸다.

"그렇긴 하지."

김춘추는 일부러 그의 말에 수긍하는 척했다.

"그게 끝인데?"

김한기가 능청을 떨었다.

"특별해서 마나가 몸에 남아 있다 이거군."

"인간들과는 다르니까."

김춘추의 말에 김한기가 육중한 몸을 흔들거리면서 말했다.

"마나가 있으면 라이트 볼이라도 시전해 주시지."

캘리 공녀가 투덜거리는 소리를 들은 김한기가 절레절레 고개를 흔든다.

"이크, 그 말 나올 줄 알았지."

"한기 삼촌 마나는 자신의 몸 하나 유지하는 것도 벅찰걸?"

김춘추가 김한기를 대변하듯이 말했다.

"그게 무슨 소리입니까?"

루돌프가 궁금한 표정을 지었다.

"우리와는 다르게 마나 소모량이 매우 커서 1서클의 마법을 시현하면 바로 체내의 모든 마나가 빠른 속도로 사라질 겁니다. 그렇게 되면 우리는 저 육중한 몸을 억지로 끌고 가야 한다는 의미가 되죠."

김춘추가 빙그레 웃으면서 설명해 주었다.

"아."

"아."

캘리 공녀와 루돌프가 그제야 이해했다는 듯이 동시에 고개를 끄덕였다.

"후우, 지금은 그 체질이 부럽네요. 아유, 정말 힘들어."

그녀의 말에 대마법사도 격하게 고개를 끄덕였다. 그들로서는 지금 김한기가 부러울 지경이었다.

물론 밖에서는 김한기를 동정했었다.

마나의 소모량이 엄청 큰 체질 탓에 1서클의 마법을 간신히 얻고도 하나의 마법을 시현하는 데 체내 모든 마나를 다 쏟아부어야 한다.

판테온 사람들이라면 이 체질은 저주받은 것이나 다름없

다. 아예 마법사가 되기를 포기해야 한다.

하지만 지금 이 순간만큼은 김한기의 체질이 부러운 것은 사실이었다.

"이왕이면 그 책을 잘 가져오지, 지하 던전에 두다니. 황비도 참."

캘리 공녀가 또다시 투덜거렸다.

"황비가 놓은 것은 아닐세."

그렇게 대꾸하는 대마법사의 목소리에도 지친 기색이 역력했다.

"그러면 누가 그랬대요? 아무도 이 책의 존재를 모른다면서요? 뭔가 말이 안 되는데."

캘리 공녀가 중얼거렸다.

"그 책을 가지고 공간 이동 마법을 펼쳤던 것이 황비의 최대 실수였지. 아마도 신속하게 루머스 제국으로 되돌아오려고 했던 모양이야."

"제국의 황족들은 거리를 이동할 때 마법진을 사용하잖아요."

캘리 공녀가 당연하다는 듯이 말했다.

"그렇지. 황비도 그렇게 몇몇 마법진을 통과해서 빠르게 두 나라를 오고 갔지. 그런데 그 책이 저절로 이 지하 던전으로 숨어 들어간 거야."

"말도 안 돼. 황비는 어떻게 그 사실을 알게 되고요?"

캘리 공녀가 또다시 중얼거리듯이 물었다. 대마법사를 의식해서였다.

대마법사는 끈기 있게 캘리 공녀의 의문을 풀어 주었다.

"공간 이동 마법 중에 가끔 의식이 몽롱하지 않더냐?"

"그, 그렇긴 하죠."

"아마 그때 황비는 책이 움직이는 방향을 본 거겠지. 설명할 수 없는 기이한 현상이기는 하지만."

"그럴 수도 있겠네요."

캘리 공녀가 수긍을 했다.

그녀도 공간 이동 마법을 펼쳐 장거리로 이동해 본 적이 있지 않던가.

그 순간, 기분이 굉장히 묘했다. 뭐라고 표현할 수는 없지만, 사방이 무언가로 둘러싸이고 알 수 없는 기호와 그림, 풍경 등이 펼쳐졌다.

정신을 차렸을 때는 이미 그녀가 본 것들은 아무런 의미를 가지지 않았다.

하지만 아직도 호기심이 남는다.

그때 자신이 본 것은 무얼까?

그러니 황비가 책이 사라지는 과정을 봤다는 말도 일리가 있었다.

캘리 공녀는 고개를 끄덕였다.

그리고 문득 리스트란 공작의 어머니, 황비에 대한 궁금증이 일었다.

어떤 여자였을까?

아들의 금제를 풀기 위해서 모국에 가서 비밀의 책을 훔쳐 가지고 온 여자.

그런 면에서 리스트란 공작은 참으로 행운아였다. 강한 여자를 어머니로 두었으니.

'지그에논 공주라고 했지.'

캘리 공녀는 순간 리디아를 떠올렸다.

지금도 리디아는 죽은 듯이 자고 있을 것이다.

'언젠간 일어나겠지. 아니, 일어나게 해 주겠지.'

캘리 공녀는 자신의 앞에서 묵묵히 걷고 있는 김춘추를 떠올리면서 생각했다.

그를 바라보던 리디아의 눈빛.

리디아를 바라보던 김춘추의 눈빛.

김춘추라면 반드시 리디아를 회복시킬 것이다.

그 황비가 황제의 사랑을 받아서 쫓겨나지 않고 2황비 자리에라도 머물러 있을 수 있게 된 것처럼.

김춘추는 그보다 더 빨리 해답을 찾아낼 것이다.

"부럽다."

캘리 공녀는 자신도 모르게 중얼거렸다.

"뭐가?"

루돌프가 뒤에서 물었다.

"아, 아니야."

캘리 공녀가 고개를 저었다. 이미 다른 여자의 남자가 된 사람을 좋아해서 뭐하겠는가.

그런 사랑은 한 번이면 족하다.

바보 같은 황제. 딴 여자들만 주구장창 품에 안고, 날 한 번도 안 쳐다보다니.

처음 보던 날, 얼빠진 표정으로 날 한참이나 바라보고서는… 그러고 나서 외면했지.

바보.

캘리 공녀는 가슴이 저려 오는 것을 느꼈다.

젊은 황제도 필시 자신을 사랑했을 것이라고 믿는다. 그랬기에 자신을 품지 않았을 것이다.

리스트란 공작이 언젠가는 지금처럼 반역을 할 줄 알았을 테니.

그때를 위해서, 자신을 처녀인 채 내버려 뒀을 것이다.

'바보.'

왜 그걸 이제야 깨달았을까?

어차피 두 사람은 저들처럼 사랑할 수 없다.

리스트란 공작이 반란에 성공해서 황좌를 차지하게 된다면 캘리 공녀는 황제의 적이 된다.

아니, 반란에 성공하지 못해도 마찬가지다. 반역자의 딸이 되고 마니까.

어느 쪽이든 그녀의 위치는 좋지 못했다.

'다음 생에 꼭 만나요. 그때는 좋은 인연으로.'

캘리 공녀의 눈가에 눈물이 어렸다.

바보 황제를 위해서 그녀는 오늘 아침, 직접 비밀리에 마법 통신구를 이용해서 리스트란 공작의 야심을 알렸다. 그가 자신에게 걸린 금제를 풀게 된다는 사실과 함께 말이다.

그러니 바보가 아니라면 준비하고 있겠지.

아니, 이미 준비하고 있었을 테니 누가 먼저 빠르게 움직이고 뒤통수를 치냐가 관건이겠지.

결과는 이 던전에서 나오면 알 수 있을 것이다.

어느 결과든 상관없이 캘리 공녀는 퍼거슨 씨를 따라갈 것이다.

자신에게 기댈 언덕이 하나 있다는 것이 그녀로서는 무척 다행이었다.

꽈악.

캘리 공녀가 자신의 옆에서 보조를 맞춰 걸어 주고 있는 퍼거슨 씨의 손을 잡았다.

퍼거슨 씨는 아무런 말도 하지 않았다.

인간을 이해할 수는 없지만, 다른 드래곤보다 감정적인 드래곤인 그로서는 지금 캘리 공녀의 마음을 이해할 수가 있었다.

"모두 정지해 주십시오."

일행의 제일 앞에 있던 김춘추가 외쳤다.

우뚝.

동시에 일행은 걸음을 멈추었다.

"더 이상 내려갈 계단이 없습니다. 그리고 바로 앞에 문이 존재하는 것 같습니다."

김춘추의 말에 일행은 자신들의 손에 들린 각종 무기들을 고쳐 쥐었다.

특히, 김한기의 표정은 아주 심각했다.

끼이익.

김춘추가 힘을 주자 서서히 문이 열렸다.

화아악.

거대한 빛이 열린 문 사이로 쏟아져 들어왔다. 순간, 눈이 부신 일행은 자신들도 모르게 눈살을 찡그렸다.

환한 가운데, 김춘추가 제일 먼저 빛에 적응했다.

'아무것도 없네.'

김춘추는 실망했다.

마지막 계단까지 내려오고 나면 무언가가 있지 않을까 하는 기대감이 있었기 때문이다.

그런데 새롭게 맞닥트린 이곳 역시 별다른 게 없다.

이번에 긴 통로였다.

하지만 눈이 빛에 적응하자마자 이 통로도 별다른 게 없다는 사실을 깨달았다.

물론 방심해서는 안 된다. 언제 어떤 것이 나타날지 아무도 모르니까.

'마법을 못 쓰니 답답하군.'

김춘추는 일행이 빛에 적응하는 것을 기다렸다.

그와는 달리 일행은 빛에 적응하는 데 다소의 시간이 걸렸다. 긴 어둠 속을 걸어왔으니 그럴 수밖에 없다.

그사이 김춘추는 자신의 모든 감각을 동원해서 그들이 있는 곳을 알아보았다.

하지만 아직까지는 별 소득이 없다.

여전히 마법을 사용할 수 없다.

그나마 좋은 소식이라면 그의 기감, 감각들이 되돌아왔다는 것이다.

처음 던전에 들어왔을 때는 모든 것이 차단되었다. 어둠과 함께 말이다.

그런데 어둠이 사라지자 기감이 돌아왔고, 제3의 눈도 가동되기 시작했다.

적어도 앞에 무언가가 돌출해서 당하는 일 따위는 없을 것이란 뜻이다.

김춘추는 일행을 한 번 훑어봤다.

드래곤인 아그레스나 퍼거슨 씨의 얼굴에는 별문제가 없어 보였다. 김한기 역시 걱정할 것은 없다.

하지만 나이가 많은 대마법사의 얼굴에는 완전히 지친 기색이 역력했다.
캘리 공녀나 루돌프도 마찬가지였다.
김춘추는 잠시 고심에 잠겼다.

제10장

반지의 여정

김춘추는 대마법사와 캘리 공녀 쪽을 바라보았다.

"잠시 쉴까요?"

"그러세."

대마법사가 고개를 끄덕이며 대답했다. 캘리 공녀는 말할 기운도 없는지 고개만 끄덕였다.

일행은 잠시 문 앞에서 그대로 주저앉았다. 하지만 그것도 잠깐, 캘리 공녀의 얼굴에서 생기가 떠올랐다.

"갑자기 기운이 펄펄 나."

"나도 그런다네."

대마법사가 맞장구를 쳤다.

이들보다는 사정이 낫지만 그래도 지쳐 보였던 루돌프 역시 고개를 끄덕였다. 김춘추와 아그레스, 퍼거슨 씨가 그런 이들을 의아한 표정으로 바라보았다.

잠시 주저앉았을 뿐인데 벌써 회복했다?

정작 김춘추와 아그레스, 퍼거슨 씨에게는 아무런 일도 생기지 않았기 때문이다.

"뭔가가 들어오거나 하지는 않았고?"

김춘추는 캘리 공녀를 보면서 질문했다. 하지만 질문하면서도 이 질문이 얼마나 헛된 것인지 깨달았다.

캘리 공녀도 공녀였지만, 대마법사도 같은 경험을 하고 있었다. 아무리 마력을 쓰지 못한다고 해도 7서클의 위대한 대마법사인데 쉽게 당할 리 없기 때문이다.

"아무것도 없네. 그저 몸이 가뿐해졌을 뿐."

대마법사가 김춘추의 의도를 알아채고는 대답했다.

'이곳은 대체 어떤 곳이란 말인가.'

김춘추는 세 사람의 생기 가득 찬 얼굴을 보면서 잠시 고민에 빠졌다. 하지만 고민해 봐야 얻을 것이 전혀 없다.

"어때?"

김춘추는 김한기 쪽을 보면서 물었다. 그러자 김한기가 시큰둥한 표정으로 물었다.

"뭐가?"

"몸이 어떠냐고."

김춘추의 질문에 그는 건성으로 대답했다.

"딱히 변화 없는데."
'뭔가 있다.'
김춘추는 그의 태도에 오히려 뭔가를 감지했다.
평소의 김한기와는 전혀 다르다.
마음 같아서는 그와 대화를 좀 더 나누고 싶었지만, 상황이 여의치 않았다.
지금으로서는 여섯 번째 반지를 찾아 최대한 빨리 이 던전을 빠져나가는 것이 중요했기 때문이다.
"다시 걷죠."
김춘추의 말을 신호로 대마법사와 캘리 공녀, 루돌프는 벌떡 일어나 걷기 시작했다.
뚜벅뚜벅.
저벅저벅.
또각또각.
어둠의 계단을 지나 빛이 자애로운 통로를 얼마나 더 걸었는지 모르겠다. 하지만 어둠의 계단을 내려올 때와는 달리 모두의 얼굴에서는 지친 기색이 보이지 않았다.
확실히 이곳은 이상했다. 어쩌면 어둠의 계단보다 더 위험한 곳일 수 있다.
'왜지?'
김춘추는 주변을 계속해서 스캔하는 것을 잊지 않았다. 특별히 무언가가 발견되지 않았지만, 이곳은 굉장히 에너지가 넘쳐흐르는 느낌이었다.

그렇다고 마나라든가 기운 같은 성질이 있는 것은 아니다. 아무것도 없음에도 꽉 찬 무언가가 있다.

"조금만 더 가면 됩니다."

김춘추가 뒤를 돌아보며 일행에게 말했다.

"……?"

다음 순간, 그는 자신밖에 없다는 사실을 깨달았다.

'어떻게 된 거지?'

분명 조금 전까지 그의 옆과 뒤에 일행이 있었다. 그런데 지금 그 혼자 덩그러니 있다.

그들이 사라진 것조차 눈치채지 못하다니.

김춘추의 전신에서 긴장감이 맴돌았다.

그는 눈을 들어 앞을 노려보았다. 분명 저 앞에는 무언가가 있다.

저벅저벅.

그는 앞으로 나아갔다.

이곳이 어떤 곳인지 모른다. 그러니 앞으로 나아가는 수밖에 없다. 사라진 일행을 찾기 위해서라도 전진하는 것만이 방법이었다.

희미하게 보이던 그 뭔가는 점점 선명하게 눈에 들어왔다. 그와 동시에 김춘추의 발걸음이 빨라졌다.

리디아다.

정확하게는 침상에 누워 있는 리디아였다.

"리디아!"

김춘추는 앞으로 달려가 침상에 누워 있는 리디아를 바라보면서 소리를 질렀다.

여전히 그녀는 눈을 감고 있다.

어떻게 그녀가 이곳에 있는 것인지 감조차 오지 않았다. 하지만 분명한 것은 그녀가 이곳에 있다는 것이다.

'드래곤들이 옮겨 놓았나?'

퍼거슨 씨와 아그레스를 떠올리던 김춘추는 이내 고개를 저었다. 그들은 여태껏 이런 중요한 일에 참견하지 않았다. 그러니 리디아를 옮겼을 리가 없다.

"리디아."

김춘추는 리디아의 얼굴을 어루만졌다.

아름답다.

여전히 눈부시게.

왜 진작 지구에서 그녀와 있을 때 사랑하지 못했을까?

자신의 마음을 너무 늦게 알아차렸다.

그녀와 함께할 시간이 많이 있었는데. 그 시간을 놓쳐 버렸다.

그때, 갑자기 김한기가 나타났다. 그의 얼굴에서는 빛이 나고 있었다.

"선택해."

난데없이 나타난 김한기가 툭 뱉은 말에 김춘추는 어이가 없다는 표정을 지었다.

"다른 일행은 어떻게 됐지?"

"드래곤들은 각자의 둥지로 보내졌고 나머지는 너와 같은 중요한 선택의 기로에 있지."

"어떻게 된 일이지?"

김춘추가 김한기를 바라보면서 물었다. 그의 모습은 너무도 이질적이었다.

게다가 지금 하는 행동은 도저히 평소의 그답지 않다.

"나로 돌아왔을 뿐이지."

김한기가 말했다. 그러고는 옆으로 한 걸음 옮겼다.

김춘추는 그런 그의 모습을 똑똑히 보았다. 마치 자신을 보라는 듯한 태도 때문이었다.

스윽.

화아악.

김한기의 몸에서 빛이 터져 나왔다.

순간 그가 바뀐다.

아니, 바뀌었다. 천계의 존재로.

눈부시게 빛나는 하얀 옷을 입은 사내가 김춘추의 앞에 서 있었다.

배불뚝이 김한기는 이제 그의 앞에 없다. 천계의 존재로서 존재할 뿐이었다.

"변했군. 이제는 뭐라고 불러야 하지?"

김춘추의 물음에 김한기, 아니 티페가 인자한 미소를 띤 채 말했다.

"티페라고 불러도 돼. 너는 그럴 자격이 있으니까."

물론 티페는 진짜 그의 이름이 아니다.

예전에 김춘추가 그의 천계 이름이 길다면서 티페라고 줄여서 불렀던 것이다.

"어떻게 각성했지?"

김춘추가 궁금한 표정으로 묻자, 티페가 대답했다.

"이곳에 들어와서지."

"이곳은 어떤 곳인데?"

"천계와 연결된 곳."

"지하 던전이 천계와 연결되어 있다고?"

"정확히는 여섯 번째 반지가 천계와 연결되어 있는 거지."

티페가 김춘추의 말을 지적했다.

"지하 던전은 그냥 물건을 담은 도구라는 뜻이군."

김춘추는 고개를 끄덕였다.

리스트란 공작의 어머니, 황비가 공간 이동 마법을 사용하던 중 여섯 번째 반지가 사라졌다. 바로 그 말에 여섯 번째 반지의 능력이 담겨 있었던 것이다.

차원을 잇는 힘.

특히, 여섯 번째 반지는 천계와 일반 세상을 이어 주는 힘을 가지고 있었다.

굳이 지하 던전이 아니라고 해도 여섯 번째 반지가 있는 곳은 어디든지 천계와 이어지는 곳이 된다.

반지가 존재하니까.

"그럼 이곳이 천계?"

"정확하게는 통로지."

티페가 김춘추의 의문을 풀어 주었다.

"아무것도 없는데 꽉 찼다. 그래서 그랬군."

김춘추가 계속해서 고개를 끄덕였다.

이곳에 들어섰을 때 캘리 공녀 등이 갑자기 원기가 회복된 이유였다.

그리고 제3의 눈으로 이곳을 조사했을 때도 마찬가지로 느꼈던 묘한 이질감, 하지만 딱히 뭐라고 표현할 수 없는 기분 좋은? 거룩한? 그런 느낌들이 왜 생겼었는지 이제야 이해가 되었다.

"천계에 들어서는 것만으로도 기억이 회복됐나 보지?"

김춘추가 티페를 바라보면서 적응 안 된다는 표정을 지었다.

그에게 익숙한 사람은 티페가 아니라 김한기다.

"자네 덕이지. 그 점은 감사하게 생각하고 있어."

티페가 고개를 살짝 숙이면서 말했다.

"이곳에 함께 오기로 한 것은 자네의 결정이지."

김춘추가 고개를 저으면서 말했다. 그러고는 조심스럽게 물었다.

"뭔 죄를 지은 거야?"

"그건 선택하고 나서 알려 주지."

티페가 부드럽게 말했다.

과거의 김한기라면 이런 질문에는 예민하게 반응했을 텐데, 정말로 천계의 존재로 되돌아왔나 보다.

지금의 티페는 한없이 부드럽다. 그리고 어떤 말에도 흔들림이 없다.

"내가 무슨 선택을 해야 하지?"

"반지를 계속 찾을 것인지, 그녀를 회복시킬 것인지."

티페의 말에 김춘추는 리디아를 바라보았다.

리디아를 회복시키면 여섯 번째 반지는 더 이상 찾을 수가 없다. 천계와 연결된 이 통로에서 끝이 나고 마는 것이다.

문제는 여섯 번째 반지를 찾지 못하면 지구와 판테온은 끝장난다.

시바 여왕이 옆에 없다고 해도 그쯤은 김춘추도 잘 알고 있었다.

애초에 차원의 문지기 후보라면서 그를 꼬드겼을 때 알아봤어야 한다.

후보가 아니라 이미 답은 정해져 있던 것이다.

그가 싫든 좋든 선택되는 순간 끝이었다.
"다른 사람들은?"
김춘추가 티페에게 물었다.
티페는 여전히 부드러운 미소를 짓고 있었다.

◈ ◈ ◈

캘리 공녀는 자신의 눈앞에 펼쳐진 광경을 믿을 수가 없었다.
루머스 제국의 젊은 황제, 필레 5세가 그녀를 바라본다. 처음 대면했을 때, 바로 그때와 같은 표정으로.
멍한 눈빛. 무언가 뒤통수를 얻어맞은 것처럼, 그는 그런 표정을 짓고 있었다.
"폐하……."
캘리 공녀는 황망한 표정으로 중얼거렸다.
"다시 보고 싶다고 생각했지. 그런데 이렇게 눈앞에 나타나다니, 믿을 수가 없군."
필레 5세가 손을 뻗어 캘리 공녀의 얼굴을 어루만지면서 중얼거렸다.
"이곳은 어디죠?"
황제의 손길에 캘리 공녀는 당황했다.
남자가 이렇게 애정을 갖고 자신의 얼굴을 어루만진 적은 한 번도 없었다. 그것도 그토록 오래 짝사랑하던 황제가 자신의 얼굴을 만지고 있다니.

"내 침실이잖은가? 어떻게 이곳에 와 있을 수가 있지? 도대체 당신이란 여자는……."

황제는 말을 잇지 못하고 캘리 공녀를 바라보았다.

"침… 실."

캘리 공녀 역시 황제의 말에 입을 열지 못했다.

언젠가는 이곳으로 자신을 부를 줄 알았다. 하지만 황제는 부르지 않았다.

아니, 모든 공식 석상이든 비공식 석상이든 그 어떤, 황제가 참석하는 자리에는 캘리 공녀를 초대하지 않았다. 황제의 얼굴을 처음이자 마지막 제대로 본 것은 처음 대면했을 때뿐이었다.

물론 그녀가 먼발치에서 황제를 몰래 훔쳐 본 것은 비밀이었다.

와락.

황제는 캘리 공녀를 그대로 껴안았다.

캘리 공녀는 눈을 감았다. 얼마나 그리운 품이었던가.

황제는 부드럽고 조심스러운 손길로 캘리 공녀를 그대로 안아 올렸다. 그러고는 그녀를 화려한 침대 위에 조심스럽게 내려놓았다.

"얼마나 이렇게 하고 싶었는지."

황제가 감격에 찬 표정으로 말했다.

그는 캘리 공녀를 품에 안고는 그녀의 머리카락을 조심스럽게 어루만졌다.

"어떻게 된 건지 전혀 모르겠어요."

캘리 공녀가 혼란스러운 표정으로 중얼거렸다.

"공작이 당신을 되돌려준 것 같소."

황제, 필레 5세는 갑작스럽게 캘리 공녀가 자신의 침실에 나타난 것을 리스트란 공작이 벌인 일이라고 생각했다.

"무슨 소리죠?"

"이 모든 게 다 당신 덕분이오."

필레 5세는 캘리 공녀를 사랑스러운 눈길로 바라보았다.

그녀가 리스트란 공작이 반란을 일으키려 한다는 말을 전해 주었기 때문이다. 익히 이런 날이 올 것을 알고 있던 황제는 재빨리 리스트란 공작에게 선수를 쳤다.

"당신의 통신 속에 대마법사의 인장이 함께 보내져 와 있었소."

"아, 대마법사님께서."

캘리 공녀는 자신도 모르게 눈물을 왈칵 쏟을 뻔했다.

마법 통신구를 몰래 열어 준 사람도 대마법사였지만, 설마 그 통신 속에 자신의 인장을 보내 줄 줄은 전혀 몰랐다.

마법사가 자신의 인장을 보낸다는 의미는 매우 컸다. 리스트란 공작도 모르지는 않을 것이다.

황제는 그 인장을 적절하게 이용했다. 리스트란 공작을 불러 이 모든 정황을 이미 알고 있다면서 협박하는 동시에 대마법사의 인장을 보여 주면서 그도 황제의 편임을 알려 준 것이다.

 리스트란 공작이 할 수 있는 것은 없었다.

 금제가 풀렸지만 그동안 쌓은 세력만큼 젊은 황제의 세력도 만만치 않았다.

 더구나 선수를 쳤어야 하는데 그 선수도 뺏겼다. 그러니 반란은 무용지물이었다.

 작위와 모든 것을 내려놓고 리스트란 공작은 루머스 제국의 변방, 황족들이 별장으로 사용하던 곳으로 유배 아닌 유배를 떠났다.

 앞으로 그의 모든 행동은 감시될 것이다.

 더구나 그를 지지하던 세력들은 황제의 힘 앞에 무릎을 꿇고 충성의 대상을 바꾸었다.

 피 한 방울 흘리지 않고 이 모든 일이 해결된 것이다.

 필레 5세는 그 공을 캘리 공녀에게 돌렸다.

◈ ◈ ◈

 필레 5세의 말에도 캘리 공녀의 마음은 편치 못했다. 그녀가 그럴 수밖에 없는 이유가 있었다.

"양아버지라고는 하나 아버지가 반란을 꾀하셨는데……."

캘리 공녀는 말을 잇지 못했다.

"누가 공작이 반란을 꾀했다고 했지? 리스트란 공작은 나이가 많아서 은퇴한 것뿐인데."

필레 5세가 능청스럽게 대꾸했다.

"아."

황제의 말을 이해하고 캘리 공녀는 감격에 찬 표정을 지었다.

"그대의 오빠, 루돌프가 공작의 작위를 승계할 것이오."

황제는 캘리 공녀를 사랑스러운 표정으로 바라보면서 말했다.

캘리 공녀는 너무도 기뻤다. 리스트란 공작에게 자식이 없는 것은 아니다. 하지만 황제는 친자식보다 양아들인 루돌프가 공작의 작위를 승계토록 했다. 이것 역시 견제의 방식이었다.

공작가에서는 아무런 이의도 제기할 수 없었다. 황제의 결정에 따라 모든 것을 뺏기고 참수를 당한다고 해도 할 말이 없는 것이다.

반역자가 있는 가문은 그 가족들까지 무사하지 못하는 게 정석이었다.

"그대가 이제 제1황비요."

필레 5세가 캘리 공녀에게 말했다.

"아……."

캘리 공녀는 자신도 모르게 신음소리를 냈다. 황제가 그녀를 꽉 껴안았다.

벌떡.

황제의 손길을 뿌리치고 캘리 공녀가 침대에서 일어났다.

"이건 아니에요."

"왜 그러지?"

"이걸 바랐지만 뭔가… 아니아니, 제가 1황비가 될 수는 없어요."

캘리 공녀는 딱 잘라 말했다.

이미 황제에게는 두 황비가 있다. 어디 황비뿐인가. 후사도 있지 않은가.

"그대만 원하면 가능하오."

필레 5세가 선택하라는 듯이 말했다.

"그래도 이건 아니에요. 당신의 사랑을 독차지하고 1황비가 되고 싶다는 소망은 아직도 그대로예요. 하지만 이미 두 황비가 있어요."

"그대가 원한다면 그녀들을 궁에서 보내겠소."

"왕자들은 어쩌고요?"

"그 역시."

"말도 안… 안 돼요."

캘리 공녀는 주변을 두리번거리면서 질문했다.

"여기가 진짜 어디죠?"

"내 침실이오. 당신은 내 침실에 있지."

"아니에요. 뭔가 말이 안 돼요."

캘리 공녀는 퍼거슨 씨를 떠올렸다.

예전에 그가 말해 준 적이 있다. 모든 상황이 너무도 자신이 원하던 대로 흘러간다면 한 번쯤은 그 자리에 서서 의심해 보라고.

지금이 딱 그렇다.

"진실을 말해 주세요."

캘리 공녀가 필레 5세에게 물었다.

"내가 진실이지. 그대가 원하면 나는 언제든 그대와 함께할 수 있소."

"나… 난……."

캘리 공녀는 괴로운 듯이 두 손으로 얼굴을 감쌌다.

퍼거슨 씨의 양녀가 되기로 하지 않았던가.

황궁을 떠나, 루머스 제국을 떠나 인간의 모든 미련을 버리고 살기로 하지 않았던가.

그런데 이제 와서 이렇게 멋진 제안을 하다니.

"말해 주시오. 나를 원한다고."

황제가 손을 내밀었고, 캘리 공녀는 망설였다. 그 순간, 김춘추의 모습이 떠올랐다. 그가 뭐라고 소리치는 것만 같았다.

'여섯 번째 반지를 찾고 있었지.'

캘리 공녀는 그때서야 자신이 지하 던전에 좀 전까지 있었음을 깨달았다.

"김춘추……."

⊕ ⊕ ⊕

팟.

파앗.

대마법사가 허망한 표정으로 캘리 공녀를 바라보았다. 캘리 공녀 역시 허무한 표정을 지었다.

루돌프도 마찬가지였다.

그리고 그들의 옆에 김춘추가 서 있었다.

"세 분에게 감사드립니다."

그는 진심 어린 인사를 건넸다.

"어떻게 된 거지?"

대마법사가 물었다.

"모두 시험에 든 것입니다. 각자의 꿈이 담긴 시험이죠."

"아."

"아."

끄덕끄덕.

세 사람은 고개를 끄덕였다. 그제야 방금 전 일어난 일이 이해되었기 때문이다.

"너무도 생생했어."

캘리 공녀가 황망한 표정으로 중얼거렸다. 그러자 김춘추가 말했다.

"환상은 아닐 겁니다."

"정말 내가 황제 앞에 있었다고?"

캘리 공녀가 소스라치게 놀라 소리쳤다.

'황제를 좋아했군.'

'황제를 사랑했어.'

'황제 때문이네.'

대마법사와 루돌프, 김춘추가 그런 생각을 하면서 캘리 공녀를 바라보았다.

자신이 무슨 말을 했는지 깨달은 캘리 공녀의 얼굴이 빨개졌다. 그리고 화제를 전환하기 위해서 얼른 대마법사에게 질문했다.

"대마법사님은 무슨 선택을 강요받았어요?"

"내 딸."

대마법사가 침울한 표정으로 대답했다.

"8서클의 정수가 담긴 책을 원하시지 않았습니까?"

루돌프가 이해되지 않는다는 듯이 물었다.

대마법사는 오랜 시간 동안 8서클의 손에 넣기 위해서 고군분투하지 않았던가. 이들이 이렇게 지하 던전에 있는 이유도 바로 그 책 때문이었다.

"8서클을 완전히 마스터하면 죽은 자를 만날 수가 있지."

대마법사의 말에 모두가 침묵에 잠겼다. 그가 진심으로 바라던 것이 무엇이었는지 그제야 깨달았던 것이다.

"참으로 어리석지? 딸애가 살아 있을 때는 마법에 미쳐 있어 놓고, 정작 죽고 나니 딸애를 살리기 위해서 마법에 다시 미친다는 게."

대마법사가 허망한 표정으로 계속 말을 이었다.

"내가 손만 뻗으면 딸애를 데리고 이곳에서 나갈 수 있다더군. 이곳이 천계라면서. 마지막 순간 자네의 얼굴이 떠올랐네."

말을 마친 대마법사는 김춘추를 바라보았고, 김춘추는 조용히 고개를 끄덕였다.

"우리 모두 각자 어려운 선택을 강요받았습니다. 아마 우리 중 누구라도 자신의 원하는 바를 선택했더라면 이 자리에 모여 있지 못할 겁니다."

"말 그대로 시험이군."

대마법사가 무슨 말인지 알겠다면서 동의했다.

"왜 우리만 있죠?"

캘리 공녀가 김춘추에게 물었다.

"두 드래곤들은 둥지로 가셨습니다. 그리고… 그 역시 제 갈 길을 갔습니다."

"그게 무슨 말이죠?"

캘리 공녀가 이해되지 않는 듯한 표정으로 재차 물었다.

"나중에 설명드리죠."

김춘추는 김한기, 티페를 떠올리면서 말했다.

그는 리디아를 선택하지 않았다.

리디아를 살려 봤자 그녀가 사랑하는 지그에논 제국이 무너진다면 그보다 그녀에게 잔인한 일은 없다. 사랑하는 사람의 품에서 행복하게 사는 것만이 그녀의 유일한 행복이 아니었기 때문이다.

그 후, 티페에게 설명을 들었다.

그가 천계에서 떨어진 일과 리디아의 그분과 관계가 있다는 것을.

차원의 수호자들은 절대 감정에 휘둘려서는 안 된다. 7개의 반지를 수호하고 그 반지를 지켜야 한다.

그런데 리디아의 그분, 지그에논 제국의 건국 황제이자 차원의 수호자였던 그는 그만 감정에 휘둘려 버렸다. 자신의 개인적인 일에 천계와 연결된 여섯 번째 반지를 이용했던 것이다.

안타깝게도 티페가 천계에서 맡은 책무 중 하나가 반지 수호자를 감시하는 일이었고, 그 역시 천계의 윗분들에게 질책을 받게 되어 인간 세계로 떨어졌다.

그가 차원 수호자의 후보가 된 김춘추와 만나게 된 것은 순전히 우연이었지만, 이 우연도 이미 하늘에서 정해 놓은 운명이기도 했다.

"자네는 자격이 있네."

티페는 그렇게 김춘추에게 말했다.

차원의 문지기들이 반지를 찾는 여정을 나섰을 때 한 번씩은 이런 시험을 통과해야 한다.

이 시험은 다름 아닌 티페가 만들어 놓은 것이다.

반지 수호자를 감시하는 책무를 가진 그였기에 당연한 일이었다.

앞에 문이 생겼습니다."

김춘추가 일행에게 말했다.

"저 안에 반지가 있는 건가요?"

"책도 있습니다."

대답하며 김춘추가 싱긋 웃었다.

곧 문이 열리고 거대한 제단이 그 모습을 드러냈다.

제단 위에는 낡고 두꺼운 책 한 권이 놓여 있었다.

김춘추가 손을 뻗자, 책이 갑자기 열리면서 무언가를 뱉어 놓았다.

여섯 번째 반지였다.

그것은 당연하다는 듯이 김춘추의 손가락으로 끌려 들어왔다.

"이것을 내가 가져도 된다는 말인가?"

대마법사가 감격에 찬 표정으로 책을 바라보았다.

"그렇습니다."

김춘추가 고개를 끄덕였다.

"당분간 코러스 산에 칩거할 것이네. 내 도움이 필요하다면 언제든지 오게나. 기꺼이 도와주지."

"감사합니다. 쉽지는 않을 겁니다."

"그렇겠지. 딸애를 다시 보겠다는 생각은 접었네. 하지만 마법사로서의 처음 열정은 그대로네. 내게 남은 한 가지를 죽는 날까지 그대로 품어 가겠네."

대마법사는 8서클의 정수가 담긴 책을 품에 꼭 껴안으면서 말했다.

"우리는 퍼거슨 씨를 뵈러 가야겠어요."

캘리 공녀가 루돌프와 뭔가 눈짓을 나누고는 김춘추에게 말했다.

이렇게 커크 상단은 뿔뿔이 헤어진다.

그렇다면 더 이상 커크 상단의 여정은 없다.

물론 김춘추가 일곱 번째 반지를 찾는 것을 보고 싶기는 하지만, 왠지 따라가서는 안 될 것 같았다.

"그렇게 하십시오."

김춘추가 싱긋 웃으면서 대꾸했다.

캘리 공녀는 아쉬움 가득한 눈빛으로 그들을 바라보았다.

하지만 이내 단호한 빛이 얼굴에 떠올랐다.

'많이 성장했군.'

그런 캘리 공녀의 모습을 보면서 김춘추는 자신도 모르게 고개를 끄덕였다. 마냥 철부지 같고 세상 물정 모르던 아가씨가 어느새 성숙해진 것이다.

김춘추는 일행에게 일일이 작별 인사를 했다. 그리고 반지에게 명령을 내렸다.

그와 동시에 그의 몸이 환한 빛 속으로 사라졌다.

◈ ◈ ◈

하선예의 초대로 김춘추는 이명옥의 집을 방문했다.

"호호호, 만찬회 때도 멋있었지만 정말 잘생겼군."

이명옥이 사심을 드러내면서 말을 건네 왔다. 양녀만 없었다면 자신이 김춘추를 차지하고 싶을 지경이었다.

"감사합니다."

김춘추는 양녀가 앞에 있음에도 노골적으로 유혹의 웃음을 던지는 이명옥이 불편했다. 하지만 아무런 내색도 하지 않았다.

"다 같이 식사하지."

이명옥이 하녀들에게 턱짓을 했다.

이내 하녀들이 갖가지 산해진미가 놓인 황금 쟁반을 가져

와 식탁 위에 내려놓았다.

"집이 찬란하군요."

음식들이 식탁 위에 놓이는 것을 보면서 김춘추가 말했다.

"우리 그이가 황금을 좋아해서 말이지."

"그렇군요."

이명옥의 말에 김춘추는 아무런 반문도 하지 않았다. 이미 하선예에게 이명옥이 정식으로 결혼은 하지 않았지만 사귀는 사람이 있다는 사실을 들었기 때문이다.

'역시.'

김춘추는 자신도 모르게 고개를 끄덕일 뻔했다.

"드시게."

"잘 먹겠습니다."

김춘추는 이명옥이 권해 주는 대로 음식을 집었다. 그녀의 눈길이 잠시 반짝이는 것이 느껴졌지만, 김춘추는 짐짓 모르는 척을 했다.

그리고 그의 예상대로, 어느새 온몸이 나른해지는 것이 느껴졌다.

"처음 방문했… 는데… 실례……."

김춘추는 말을 잇지 못하고 정신을 잃었다.

"괜찮아. 잠시 쉬라고."

이명옥이 그렇게 말하면서 김춘추의 곁으로 다가갔다. 하선예가 조용히 따라 일어섰다.

곧 두 여자는 김춘추를 이후석이 있는 방으로 데려갔다.
"흐음, 괜찮은 물건이네."
이후석이 정신이 혼미해져 있는 김춘추를 보면서 말했다.
"이자를 우리 편으로 만든다면 다음 권력 대에서는 틀림없이 재계를 주무를 수 있을 거예요."
이명옥이 야심에 찬 표정을 지으면서 확신 어린 말을 내뱉었다. 반면 하선예는 몹시 불편한 표정이었다. 김춘추에게 미안했기 때문이다.
"저어, 저처럼 정신을 남겨 주시면 안되나요?"
하선예의 간청에 이후석이 버럭 소리를 질렀다.
"이년아, 이놈은 사내인데 어떻게 그럴 수가 있냐?"
"……."
하선예는 고개를 푹 숙였다.
이명옥과 이후석의 앞잡이가 되어 몇몇 정, 재계의 인물들을 유혹해서 이 방으로 데려왔다.
그들이 다시 이 방을 나갈 때는 철저하게 이후석의 뜻대로 움직이는 꼭두각시 인형이 되었다. 그 누구보다 하선예가 잘 알고 있었다.
김춘추가 그런 모습이 된다니……. 가슴이 미어졌다.
"난 괜찮아."
갑자기 김춘추가 입을 열었다.
"이놈이 아직 정신이 있네?"

그러자 이후석이 어이없다는 표정을 지었다. 이명옥 역시 마찬가지였다. 하선예만이 뛸 듯이 기쁜 표정을 지었다.

벌떡.

자리에서 일어난 김춘추가 이후석을 노려보았다.

"인간도 아닌 놈이 인간의 몸속에 들어가 있군."

"흥, 네놈이 뭔지는 몰… 아니!"

콧방귀를 뀌던 이후석은 자신도 모르게 소스라치게 놀랐다. 김춘추가 자신의 기운을 개방한 것이다.

"이제는 날 알아보겠지?"

"네놈이었어. 으하하하, 네놈이었어."

이후석이 갑자기 실소를 터트렸다.

두 여자는 당황한 표정을 지었다.

"선예, 도망쳐."

"하, 하지만."

"내 걱정하지 마. 이 작자는 내게 맡겨 두고. 그리고 당신, 정신 차리라고."

김춘추는 하선예에게 집을 빠져나갈 것을 당부하고는 이명옥에게 한마디 던졌다.

두 여자는 그제야 이후석과 김춘추만을 남겨 놓고 도망쳤다.

"원수가 제 발로 걸어 들어왔군."

이후석이 소리쳤다.

"그렇게 따지면 내가 할 소리인데?"

김춘추가 무덤덤한 표정으로 말했다.

이후석, 아니 그 속에 든 저것은 몇천 년이나 지구를 떠돈 존재다. 처음엔 인간이었지만 지금은 인간도, 그 무엇도 아닌 존재가 되어 버렸다.

연, 최초 환생의 시작점.

그의 모국 연이 저 작자에 의해서 갈가리 찢어졌다. 연의 황태자였던 김춘추는 저 작자의 마지막 음모, 영생을 위한 주술을 멈추어야 했다.

그가 주술을 외우던 중에 끼어든 김춘추는 주문을 멈추게 했고, 그 바람에 모든 것이 흩어졌다.

주문이 깨지는 동시에 저 작자는 육체조차 없이 흩어졌고, 김춘추는 끝없이 환생을 기억하는 존재가 되었다. 왜 기억하는지조차 모르고.

이 최초의 기억들이 여섯 번째 반지를 찾는 동시에 되돌아왔다.

"이제 그만 쉬지."

김춘추가 손을 뻗었다.

"내가 그렇게 호락… 호… 어… 어… 왜……?"

어이없다는 듯이 큰소리를 치던 이후석이 갑자기 비명 소리를 질렀다. 그리고 그의 머리 위로 흘러나온 하얀 연기가 김춘추의 손안으로 빨려 들어왔다.

털썩.

그의 육신이 허물어졌다.

하얀 연기는 요동치면서 김춘추의 손길을 거부하려고 했다. 하지만 역부족이었다. 단 한 줌도 남지 않고 하얀 연기는 그대로 김춘추의 손안으로 사라졌다.

김춘추는 자신의 손바닥을 바라보았다.

일곱 번째 반지.

아이러니하게도 차원의 수호자들이 찾는 마지막 반지는 그 자신들의 인생 여정을 담고 있었다.

수천 년을 이어 온 긴 삶이 이제야 마감되었다. 모든 것이 매듭지어진 것이다.

김춘추는 조용히 눈을 감았다.

"아직 아무것도 결정된 게 없어."

그는 나지막하게 중얼거렸다. 그의 앞에는 시바 여왕이 서 있었다. 그녀가 김춘추의 말에 미소를 지으면서 말했다.

"그 말이 사실인지 지켜보죠."

번쩍.

김춘추가 눈을 떴다.

그의 얼굴에도 미소가 서려 있었다.

마침

www.mayabook.co.kr

www.mayabook.co.kr